邪悪領域

新宿署特別強行犯係

『新宿署密命捜査班 邪悪領域』改題

南 英男

祥伝社文庫

目次

第一章　女情報屋の死

1

悲鳴が耳を撲《う》った。

女の声だった。刈谷亮平《かりやりようへい》は眠りを破られた。

杉並区下高井戸《しもたかいど》の自宅マンションの寝室だ。一月上旬の真夜中である。八畳のベッドルームは暖房が効いていた。汗ばむほどだ。

悲鳴をあげたのは、かたわらに横たわっている諏訪茜《すわあかね》だった。刈谷の恋人である。茜は三十二歳で、フリーの写真家だ。

茜と出会ったのは、およそ一年半前だった。

その日、刈谷は時間潰《つぶ》しに銀座二丁目にあるフォト・ギャラリーを覗《のぞ》いた。たまたま茜の個展が開かれていた。

刈谷は、展示されている写真に釘づけになった。といっても、被写体が特にショッキングだったわけではない。

写されているのは、シリアの難民キャンプで暮らす母子《おやこ》ばかりだった。一様《いちよう》に哀《かな》しげな顔をしていた。ただ、誰もが驚くほど瞳は澄んでいた。決して虚《うつ》ろではなかった。まだ希望を棄《す》てていない表情だった。

刈谷は、人間の勁《つよ》さを感じ取った。パネル写真を眺《なが》めていると、居合わせた茜が話しかけてきた。聡明《そうめい》そうで、容姿も整っていた。

刈谷は問われて、展示作品の感想を述べた。褒《ほ》めると、茜は嬉しげだった。

だが、すぐに彼女は表情を引き締めた。そして、民族紛争や内戦の悲惨《ひさん》さを語った。といっても、少しもヒューマニストぶることはなかった。人間の愚かさや業《ごう》に触《ふ》れただけだった。

偽善はまったく感じられなかった。好ましかった。

刈谷は茜の人格に魅《み》せられた。むろん、美貌にも惹《ひ》かれた。

しかし、初対面である。刈谷は立ち話をしたきりで茜に背を向けた。名乗ることもしなかった。

その半月後、二人は偶然にも同じ地下鉄電車に乗り合わせた。

刈谷は、美人写真家のことをもっと深く知りたくなった。思い切ってデートに誘ってみた。茜も刈谷に関心があったようで、快くスマートフォンの番号を教えてくれた。

二人はちょくちょく会い、数カ月後には親密な仲になった。

茜の実家は神奈川県藤沢《ふじさわ》市内にある。だが、彼女は中目黒《なかめぐろ》の賃貸マンションで独り暮らしをしていた。商品カタログ写真で生活費を稼ぎながら、個展用のテーマ写真を撮《と》り溜《た》めている。

去年の秋には、ブラジルで撮影したストリート・チルドレンの写真を十六点ほど個展で掲《かか》げた。その作品が通信社やフォト・エージェンシー関係者の目に留《と》まり、少しずつ作品が売れるようになっていた。

刈谷は、自宅マンションのスペアキーを一年一カ月前に茜に預けた。それ以来、彼女は週に一、二度、刈谷の部屋に泊まっている。

「悪夢に魘《うな》されたようだな」

刈谷はナイトスタンドの灯《ひ》を点《つ》けた。

茜が片腕で目許《めもと》を覆《おお》う。眩《まぶ》しかったようだ。刈谷は慌《あわ》ててシェードを傾《かたむ》けた。

「起こしちゃったわね。ごめんなさい」

「いいんだよ。例の拉致《らち》シーンが夢の中に出てきたんだろ?」

「そうなの。とっても怖かったわ」

茜が身を竦《すく》ませた。去年十一月中旬の夜、彼女は新宿の職安《しよくあん》通りで三十代半《なか》ばの男が正体不明の二人組に車で連れ去られる瞬間を目撃した。

そのとき、あたりには誰もいなかった。茜は走り去った灰色のエルグランドのナンバーを頭に刻みつけ、すぐさま一一〇番通報した。だが、エルグランドは盗難車だった。

そんなことで、所轄の新宿署は拉致犯の割り出しもできていない。被害者の特定もできていなかった。

「二人組のひとりはエルグランドの後部座席に乗り込むとき、わたしに気づいたの」

「そういう話だったね。そいつは一瞬、茜に向かって駆けてくる動きを見せたんだったよな?」

「ええ。でも、運転席の男に制止されたんで、急いで車の中に入ったの。あの男たちは素っ堅気《かたぎ》じゃない気がするわ。やくざかどうかはわからないけど」

「犯人どもが、目撃者である茜の自宅を突きとめた可能性はないだろう。きみは尾《つ》けられたわけじゃないんだから」

「そうなんだけど、誰かに尾行されてるように感じたことが何回かあるの」

「強迫観念《きょうはく》に取り憑《つ》かれてるだけだと思うがな」

「そうなのかしら？」

「拉致犯たちが茜のことを調べ上げてたとしたら、とうに威《おど》しをかけてきたはずだよ。脅迫電話は一度もかかってきてないんだろ？」

刈谷は確かめた。

「ええ。だけど、なんだか不安なの。さっきも、例の二人組に追われてる夢を見たんで……」

「大丈夫だよ。怖がることはないって」

「そう言われても、落ち着かないのよ」

茜が小さく震えはじめた。

刈谷は恋人を引き寄せ、強く抱き締めた。それでも、茜の戦《おのの》きは熄《や》まない。

「おれがついてるじゃないか。拉致犯たちが仮に茜のことを突きとめたとしても、絶対におかしな真似《まね》はさせないよ」

「亮平さん、新宿署はエルグランドで連れ去られた男性に見当はついてないの？」

茜が訊《き》いた。

「見当はついてるらしいんだが、まだ被害者の特定までには至ってないようだな」

「そうなの。車で連れ去られたのは、誰だと思われてるのかしら？」

「同じ日に、ひとりの麻薬取締官《マトリ》が消えたそうなんだ。おそらく二人組に拉致されたのは、関東信越厚生局麻薬取締部捜査一課の能勢昇太《のせしようた》という男なんだろう。三十六歳で、有能な麻薬Gメンらしい。新宿の暴力団を内偵中だったようだ」

刈谷は答えた。茜が短い返事をする。

数カ月前に満三十八歳になった刈谷は警察官で、新宿署に所属している。目黒区平町《たいらまち》で生まれ育った彼は都内の私大を卒業すると、警視庁採用の一般警察官《ノンキャリア》になった。

刈谷は、子供のころから正義感が強かった。だからといって、青臭い動機で職業を選択したわけではない。平凡な勤め人にはなりたくなかっただけだ。実際、妙な気負いはなかった。

刈谷は一年間の交番勤務を経《へ》て、大崎《おおさき》署刑事課強行犯《きようこうはん》係に転属になった。地域課員時代に窃盗犯を四人も逮捕したことが高く評価され、刑事に抜擢《ばつてき》されたのだ。

刈谷は漠然と刑事に憧《あこが》れていたが、ほとんど出世欲はなかった。検挙率が並よりも高かったのは、単に運がよかっただけだろう。

強行犯係は、殺人、強盗といった凶悪犯罪の捜査を受け持っている。当然ながら、職務はかなりハードだ。それだけに、事件の真相を暴《あば》いたときの歓《よろこ》びは大きい。

刈谷は犯人を獲物《えもの》に見立て、猟犬のように駆け回った。その結果、事件を解決に導《みちび》くことができた。

刈谷は数年ごとに所轄署を渡り歩き、いつしか敏腕刑事と呼ばれるようになっていた。特に殺人事案《じあん》の捜査で力を発揮した。まさに順風満帆だった。だが、人生は思い通りにはならないものだ。

不祥事を起こしたのは三年九カ月前だった。

その当時、刈谷は池袋署の刑事課にいた。捜査本部事件で本庁から出張《でば》ってきた若い管理官が所轄署の刑事たちを無能呼ばわりしたことに憤《いきどお》りを覚え、つい殴り倒してしまったのだ。相手は警察官僚《キャリア》のひとりだった。

およそ二十九万七千人の巨大組織を支配しているのは、六百数十人のキャリアである。刈谷は、エリートに暴力をふるったわけだ。何か処罰を受けることは、むろん覚悟していた。次の人事異動で、刈谷は新宿署少年係に任命された。それも主任ではなく、平《ひら》だった。不当な異動だ。陰湿な報復が腹立たしかった。

刈谷は悩んだ末、依願退職する気になった。

辞表を書きかけていると、署長の本多弘一《ほんだこういち》警視正に呼ばれた。一年九カ月前のことである。

現在、五十三歳の本多署長は東大出の警察官僚だ。

だが、上昇志向はない。気骨があって、どんな場合も是々非々《ぜぜひひ》主義を貫《つらぬ》く。真のエリートだろう。

刈谷は、本多署長から思いがけないことを打ち明けられた。

なんと署内に非公式の特別強行犯係『潜行捜査隊』を新たに設けるという。隊長は、変人と噂されている準キャリアの新津賢太郎《にいつけんたろう》警視が務《つと》めることが決まったらしい。署長直属の特殊チームの主任に刈谷を選んだという内示だった。

刈谷は、二つ返事で快諾《かいだく》した。

凶悪犯罪捜査に携《たずさ》われることを素直に喜んだ。署長は刈谷の手を取り、三人の部下の人選はすでに済んでいると告げた。

男ひとり、女二人だという。それぞれ個性は強いが、優秀な捜査員だという話だった。

そうした経緯があって、刈谷は『潜行捜査隊』の主任に就《つ》いた。新津隊長が率《ひき》いるチームはこれまでに六件の凶悪事件を初動でスピード解決させ、さらに九件の捜査本部事件を落着させた。

しかし、刈谷たちのチームが真犯人を割り出したことにはなっていない。

新津隊長を含めた五人は、表向き捜査資料室のスタッフということになっている。警視総監賞や署長賞とは無縁だったが、不満を洩《も》らすメンバーはいなかった。『潜行捜査隊』は、署の刑事課、組織犯罪対策課、生活安全課担当の事案の支援捜査に駆り出されている。

守備範囲は広い。捜査内容がバラエティーに富み、倦《う》むことはなかった。俸給以外に特別手当の類《たぐい》は支給されていない。

ただ、捜査費に制限はなかった。ふんだんに遣《つか》え、いちいち領収証を添付《てんぷ》する必要もなかった。情報を金で買うことも認められていた。

それだけではない。拳銃の常時携行すら特別に許されていた。また、少々の違法捜査も黙認されている。食《は》み出し者たちで構成されたチームは、実に居心地がよかった。刈谷はチームが長く存続することを願っていた。

「わたし、居間の長椅子に移るわ。多分、しばらく眠れないと思うの。わたしがたびたび寝返りを打ったら、亮平さん、安眠できないでしょ？」

「ベッドから出たら、余計に寝つけなくなるだろう。おれの腕の中で寝《やす》めよ」

「いいの？」

茜が問いかけてきた。

「よそよそしいことを言うと、怒るぜ」

「ありがとう。それじゃ、このまま眠らせてもらうわ」

「まだ震えてるな」

刈谷は茜を横抱きにして、両腕に力を込めた。ネグリジェを通して恋人の肌の温《ぬく》もりが伝わってくる。いつものことだが、気持ちが和《なご》む。

就寝前、二人は抱き合った。別々にシャワーを浴び、午前二時数分前に寝室の照明を消した。いま現在は三時四十分過ぎだ。

「ナイトスタンドをオフにしたほうが眠れるんじゃないのか？」

「真っ暗にしたら、厭《いや》な夢のシーンが蘇《よみがえ》りそうなの」

「そうか。なら、ナイトスタンドは点けたままにしておこう。目を閉じてれば、そのうち眠くなると思うよ」

「そうだといいんだけど……」

茜が目をつぶった。刈谷も瞼《まぶた》を閉じる。

会話が途絶《とだ》えても、恋人は容易に寝つけない様子だった。恐怖が尾を曳《ひ》いているにちがいない。

「何かに熱中してれば、その間は恐怖と不安を追いやれるんだろうがな」

刈谷は低く呟《つぶや》いた。

数秒後、茜が顔を重ねてきた。二人はひとしきり唇をついばみ合ってから、舌を深く絡《から》めた。刈谷は濃厚なくちづけを交わしながら、茜を優しく組み敷いた。豊かな乳房がラバーボールのように弾《はず》んだ。

茜が喉《のど》の奥でなまめかしく呻《うめ》き、両手で刈谷の髪と背を愛撫しはじめた。いとおしげな手つきだった。刈谷はディープキスを交わしながら、ネグリジェの前ボタンを手早く外した。二つの乳首は早くも痼《しこ》っていた。

胸の蕾《つぼみ》を刺激する。茜が喘《あえ》ぎだした。刈谷はいったん顔を離し、茜の項《うなじ》や首筋に口唇を滑らせた。白い柔肌もついばむ。

茜の息が乱れた。

刈谷はネグリジェを脱がせ、乳首を交互に吸いつけた。そうしながら、乳房をまさぐる。茜がせっかちな手つきで、刈谷のパジャマの前ボタンを外した。刈谷は、真冬でもアンダーシャツは身につけない。

茜が刈谷の胸板に掌《てのひら》を滑走させはじめた。少しくすぐったいが、感触は悪くなかった。

刈谷は舌の先で乳首を打ち震わせた。と、茜が顎《あご》をのけ反《ぞ》らせた。半開きの唇が男の欲情をそそる。妖《あや》しかった。

刈谷はキスの雨を降らせつづけた。餅肌《もちはだ》は神々《こうごう》しいまでに白い。ヒップの下に手を潜《もぐ》らせ、真珠色のパンティーを引き下ろす。刈谷も素っ裸になった。

二人は改めて胸を重ね、唇を吸い合った。

刈谷は舌を閃《ひらめ》かせながら、茜のボディーラインをなぞった。ウエストが深くくびれ、腰の曲線は大きい。蜜蜂のような体型だ。

刈谷はなだらかな下腹を撫《な》で終えると、ぷっくりとした恥丘に指を這《は》わせた。和毛《にこげ》を梳《す》き上げ、撫でつける。ほどよく肉の付いた内腿《うちもも》も摩《さす》った。

だが、刈谷は秘めやかな部分には意図的《いとてき》に触れなかった。大陰唇《だいいんしん》の外側をソフトにタッチするだけに留《とど》める。焦《じ》らしのテクニックだった。

「意地悪しないで……」

茜がもどかしがって、甘くせがんだ。

刈谷は、赤い輝きを放つ合わせ目を指で下から捌《さば》いた。指先が熱い潤《うる》みに塗《まみ》れた。体の芯《しん》は、しとどに濡れている。

刈谷は肉の扉《とびら》を押し開き、右手の中指を襞《ひだ》の奥に浅く沈めた。愛液を掬《すく》い取って、縦筋全体に塗り拡《ひろ》げる。

敏感な芽は包皮から零《こぼ》れ、誇らしげに屹立《きつりつ》していた。ぬめった指で擦《こす》ると、茜は腰をひくつかせた。悩ましい声も発した。

刈谷はフィンガー・テクニックを駆使《くし》した。

ほどなく茜は、下半身を突っ張らせた。エクスタシーの前兆だ。刈谷は親指の腹で感じやすい突起を圧《お》し転がし、揺《ゆ》さぶった。そうしながら、中指でGスポットを愛撫する。

数分後、茜は沸点《ふってん》に達した。悦《よろこ》びの声は長く尾を曳《ひ》いた。ジャズのスキャットに似た唸《うな》り声は、なんとも煽情的《せんじようてき》だった。

刈谷は、茜の胸の波動が凪《な》ぐまで何も愛撫はしなかった。

やがて、恋人の裸身の震えが収《おさ》まった。刈谷は茜の股の間に入り、オーラル・セックスを開始した。尖《とが》らせた舌で膣壁をくすぐり、二枚の花弁を啜《すす》り込む。仕上げに陰核《クリトリス》を集中的に慈《いつく》しむと、茜は快楽の海に溺《おぼ》れた。

ほとんど同時に、刈谷は火照《ほて》った内腿で顔を挟まれていた。少し息苦しかったが、茜の秘部に熱い息を吹きかけつづけた。

茜は白桃を連想させるヒップをもぞもぞとさせ、啜り泣くような声を撒《ま》き散らしはじめた。いつしか刈谷は雄々《おお》しく猛《たけ》っていた。体の底が引き攣《つ》れるような勢いだった。すぐにも繫《つな》がりたかった。刈谷は茜の両脚を押し割った。

「待って！」

茜が上体を起こし、刈谷の胸を軽く押した。口唇愛撫を拒《こば》む理由はない。

刈谷は寝転び、シーツに背中を密着させた。

茜が刈谷の足許にうずくまる。顔は上気し、桜色に染まっていた。色っぽかった。

陰茎《いんけい》がくわえられる。生温かい舌が心地よい。舌技に無駄《ロス》はなかった。性感帯を的確に刺激してくる。気が遠くなりそうだ。

刈谷は急激に昂《たか》まった。性器が一段と反り返る。鈴口を舌の先で軽く掃《は》かれたときは、思わず声が出そうになった。

「そのままターンしてくれないか」

刈谷は恋人に声をかけた。聞こえたはずだが、茜はリアクションを起こそうとしない。羞恥心《しゅうちしん》を捩伏《ねじふ》せるのに手間取っているのか。

刈谷は、同じ言葉を口にした。茜がためらってから、意を決したように体の向きを変えた。ペニスを口に含んだままだった。

刈谷は、顔の上に逆《さか》さまに跨《また》がった茜の腰を引き寄せた。

合わせ目は笑《え》み割れかけている。刈谷は舌と唇を使って、ひたすら茜の官能をそそった。湿った音がデュエットするように鳴りはじめた。

二人は口唇愛撫を施《ほどこ》し合ってから、正常位で交わった。

刈谷は六、七度浅く突き、一気に奥に分け入った。そのたびに茜は反り身になって、切なそうな吐息をつく。刈谷は律動《りつどう》を速《はや》めた。

いつからか、茜は迎え腰を使いはじめていた。動きは控え目だった。不快感は少しも覚えない。

刈谷は一本調子に突くだけではなかった。後退するときは、必ず腰に捻《ひね》りを加えた。亀頭の縁《ふち》で膣口《ちつこう》を擦られると、多くの女性は快感を得られる。刈谷は、そのことを体験で学んでいた。

「わたし、また……」

茜が上擦《うわず》った声で言い、裸身をくねらせはじめた。

刈谷は突き、捻り、また突いた。いくらも経《た》たないうちに、恋人の体が縮まりはじめた。極みに駆け昇る予兆だ。

刈谷は、がむしゃらに動いた。ワイルドに突きまくる。

先にクライマックスに達したのは茜だった。すぐに男根《だんこん》に緊張感が伝わってきた。搾《しぼ》り込むような締めつけ方だ。

茜の快感のビートは規則正しかった。まるで鼓動だった。

刈谷はゴールに向かって突っ走りはじめた。

一分ほど過ぎると、腰に快感の漣《さざなみ》がひたひたと押し寄せてきた。そのすぐ後《あと》、甘美な痺《しび》れが背筋を駆け抜けた。

刈谷は爆《は》ぜた。ほんの一瞬だったが、脳天が白く霞《かす》んだ。

二人は結合したまま、しばし余韻《よいん》に浸《ひた》った。後戯《こうぎ》を施《ほどこ》し合ってから、静かに体を離す。

それから数分後、茜は軽い寝息をたてはじめた。情事の疲れが睡眠導入剤の役目を果たしたのだろう。

刈谷はひとまず安堵《あんど》して、ナイトスタンドの灯を静かに消した。

2

トーストを食べ終えた。

ハムエッグとグリーンサラダは、すでに平らげていた。刈谷は残りのコーヒーを飲み干した。

「コーヒーのお代わりは？」

向かい合った茜が訊く。刈谷は首を振った。

刈谷は茜とコンパクトなダイニングテーブルに向かって、朝食を摂《と》っていた。朝の食事を用意してくれたのは茜だった。

午前八時を回っていた。二人とも三時間ほどしか寝ていない。

「眠いだろ？」

「うん、少しね。でも、大丈夫よ。亮平さんがよく効く睡眠薬をくれたから、熟睡できたんで」

「仕事の予定は？」

「午後一時にフォト・エージェンシーの事務所で打ち合わせがあるの」

「なら、正午近くまで寝てろよ。おれは一服したら、署に行く」

刈谷はセブンスターをくわえて、使い捨てライターで火を点けた。茜が立ち上がって、食器をシンクに運ぶ。

「パン皿やマグカップは、おれが後《あと》で洗うよ」

「そんなに手間はかからないから、気にしないで」

「そうか。悪いな」

刈谷は煙草《たばこ》を深く喫《す》いつけた。一服し終えたとき、寝室で刑事用携帯電話が着信音を発しはじめた。ポリスモードと呼ばれ、五人との同時通話ができる。写真の送受信も可能だ。

刈谷はダイニングテーブルから離れ、寝室に駆け込んだ。

ベッドに浅く腰かけ、ポリスモードを摑《つか》み上げる。発信音は隊長の新津警視だった。

「署長から指令が下《くだ》ったようですね?」

刈谷は開口一番に言った。

「そうなんだ。去年の十二月五日の早朝、元ショーダンサーのネイルサロン経営者の惨殺体が歌舞伎町二丁目の商業ビル建設予定地で発見された事件《ヤマ》は記憶に新しいだろう?」

「ええ。被害者《マルガイ》は池内美由紀《いけうちみゆき》、享年《きようねん》三十四でしたね」

「おっ、そこまで憶《おぼ》えてたか」

「隊長に報告してませんでしたが、一年以上前から被害者から裏社会の情報を買ってたんですよ。美由紀は二十八歳まで新宿のナイトクラブで踊ってたんで、闇社会や犯罪者の動きをよく知ってました。自分のネイルサロンを開いてからも、彼女は情報屋として警察に協力してくれてたんですよ」

「そうだったのか。それは知らなかったな。それにしても、惨《むご》い殺され方をしたもんだ」

「ええ、そうですね。池内美由紀は扼殺《やくさつ》されてから、両耳と唇を鋏《はさみ》で切断されました。犯人《ホシ》は美由紀が情報屋と知ってて、見せしめに残虐なことをしたんでしょう」

「多分、そうなんだろうな。被害者は、耳と唇を切り落とされてたわけだから」

「事件発生後に新宿署《うち》に捜査本部《チョウバ》が設置されて、本庁捜一の殺人犯五係の十四人が送り込まれてきました。それから早くも一カ月が経《た》ったのか」

「そうだね。明日で第一期は終了し、署の刑事課の連中は捜査本部から離脱する。代わりに第二期から桜田門の七係のメンバーが追加投入されることになった」

「そうですか」

「難事件の多くは三期、四期と長引いて、結局、本庁の捜査員が加害者を逮捕《パク》るケースが圧倒的に多い」

「ええ。所轄署刑事は、初動と第一期捜査にしか関われない決まりになってますからね」

「そうなんだが、新宿署は都内最大の所轄なんだ。第一期で片をつけたいじゃないか。本多署長だけではなく、わたし自身もそう思ってる」

「捜査が二期、三期に及んだら、署の年間予算がぐっと減りますからね」

「そうなんだよ。捜査本部事件の経費は、すべて所轄署持ちだからな。新宿署管内の凶悪犯罪件数は突出して多い。うちのチームができるだけ早く犯人《ホシ》を割り出さないとね」

「ええ。新津さん、初動と第一期捜査ではどこまで……」

「被害者は、悪質な少女売春クラブと故買屋《こばいや》グループのことを新宿署《うち》の捜査員にリークしてたらしいんだよ。それで捜査本部はその双方を怪しんだんだが、シロという心証を得たようだな。そんなことで、まだ容疑者の絞り込みにも至ってないそうだ」

「そうなんですか」

「少女売春クラブと故買屋グループの洗い方が甘かったのかもしれないね。捜査資料を揃《そろ》えておくから、九時半までに秘密のアジトに来てほしいんだ」

「わかりました。三人の部下には、すぐ呼集《こしゅう》をかけます」

「そうしてくれないか。それでは後《あと》で！」

新津が電話を切った。警察関係者の多くは、招集を呼集と言い換えている。いわば業界用語だ。

刈谷は、恋人の茜にも特殊チームの一員であることを明かしていなかった。部下たちに呼集の電話をかけたら、シンクにいる恋人に不審がられるだろう。

最初にメールを送信したのは西浦律子《にしうらりつこ》警部補だった。部下たちにメールを一斉送信することも可能だが、それではあまりにも事務的だ。相手によって、通信文の内容を少し変えたかった。

四十二歳になった律子は、いわゆるシングルマザーだ。妻子持ちの新聞記者と恋に落ち、こっそり娘を産んだのである。沙也佳《さやか》という名の娘は高校一年生のはずだ。母と娘は、世田谷区南烏山《みなみからすやま》にある賃貸マンションで暮らしている。

律子は所轄署の生活安全課を渡り歩いてきた。さっぱりとした性格で、姐御肌《あねごはだ》だ。そんなことで、年下の男女に慕《した》われている。事実、面倒見がいい。

ふだんは男勝《まさ》りっぽく振る舞っているが、たまに女っぽさをちらつかせる。そのギャップが新鮮だった。

二番目にメールを送ったのは堀芳樹《ほりよしき》巡査部長だ。

三十四歳で、まだ独身である。堀は『潜行捜査隊』のメンバーになるまで、新宿署組織犯罪対策課の一員だった。要するに、元暴力団係《マルボウ》刑事だ。

堀は強面《こわもて》で、体格もいい。風体《ふうてい》は筋者《すじもの》そのものだが、彼は組員たちを嫌っていた。無法者を疎《うと》むのには理由《わけ》があった。堀が大学生のころに親しくしていた女友達は三人の準構成員に輪姦された上、覚醒剤中毒にさせられてしまった。その女友達は人生に絶望し、自《みずか》ら命を絶《た》った。

そういうことがあって、堀は警察官になったと聞いている。本人の希望通り、彼は一貫して暴力団関係者の犯罪を取り締まってきた。裏社会に精通していることが買われ、チームに迎えられたのだろう。

最後に呼集をかけたのは入江奈穂《いりえなほ》だった。

奈穂は並の女優よりも美しい。二十八歳だが、まだ若々しかった。スタイルは抜群だ。

美人刑事は大学時代にモデルのアルバイトをしていただけあって、ファッションセンスも光っている。ことに配色の組み合わせが上手だった。

奈穂は四年七カ月前まで高輪署《たかなわ》の鑑識係だったのだが、刑事を志願して新宿署の盗犯係になった。鑑識知識のある彼女は現場捜査好きだった。そんなわけで、本多署長は奈穂をチームに加えたようだ。

刈谷は刑事用携帯電話《ポリスモード》を折り畳んで、溜息《ためいき》をついた。

誰にも話したことはないが、去年の十二月上旬に殺害された池内美由紀とは他人ではなかった。といっても、恋仲だったわけではない。

弾みで一年数カ月前、たった一度だけ美由紀を抱いたのだ。二人とも、へべれけに酔っていた。どちらも心と体が渇《かわ》いていたのかもしれない。

朝を迎えたとき、美由紀は問わず語りに三つ下の妹のことを喋《しゃべ》りはじめた。彼女の妹は交際中のチンピラに混合麻薬《ドラッグ・カクテル》を注射され、ショック死してしまったらしい。まだ二十三歳だったという。

実妹が不幸な亡くなり方をしたせいか、美由紀は麻薬密売に関わっている犯罪者たちを異常なほど憎んでいた。少女売春クラブや故買屋グループが潔白だとしたら、美由紀は薬物の密売に関わりのある者に殺されたのかもしれない。

刈谷は美由紀が殺害されたと知ったときから、一日も早く犯人が捕まることを願っていた。成り行きで肌を重ねた相手にすぎないが、彼女の死を悼《いた》む気持ちは強かった。できれば、自分の手で加害者を逮捕したい。

刈谷は立ち上がって、寝室を出た。

「職場の上司から電話があったみたいね」

茜は食器を洗い終えていた。

「そうなんだ。九時半までに署に顔を出せって命令だった。おれは出かけるが、茜はゆっくりしていけよ」

「少し経ったら、いったん自宅に戻るわ」

「そうか。それじゃ、おれはざっとシャワーを浴びるよ」

刈谷は浴室に足を向けた。

熱めのシャワーを頭から浴び、髪と全身を洗う。ついでに髭《ひげ》も剃《そ》った。刈谷は浴室を出ると、手早く身支度をした。

茜に軽く手を振り、部屋を出た。最寄《もよ》りの私鉄駅まで大股で歩く。京王線で新宿駅まで揺られ、刈谷は職場に向かった。

新宿署は西新宿六丁目にある。地上十三階、地下四階の署舎は青梅《おうめ》街道に面していた。

約六百五十人の署員がいる。常駐している警視庁第二機動隊と自動車警邏隊《けいらたい》の三百数十人を加えると、ほぼ千人の大所帯だ。

刈谷は職場に着いた。

九時十数分過ぎだった。エレベーターで十階に上がり、捜査資料室のドアを押す。チームの秘密刑事部屋は奥にある。

出入口の近くに八台のスチール棚が並び、各課担当の事件調書が詰まっている。だが、捜査資料室を訪れる署員はさほど多くない。

利用者は、月にせいぜい四、五人だ。むろん、そんなときはチームの誰かがもっともらしく対応する。

刈谷は資料フロアを抜け、奥に進んだ。アジトの刑事部屋は、ドア付きのパーティションで仕切られている。三十畳ほどのスペースだ。

五卓のスチールのデスクが窓寄りに据《す》えられ、中ほどに八人掛けのソファセットが置かれている。壁際には、銃器保管庫、手錠や特殊警棒などを収めたロッカーなどが連《つら》なっていた。トイレと給湯室は秘密刑事部屋の斜め後方にある。

刈谷は刑事部屋に足を踏み入れた。

入江奈穂がソファに坐《すわ》っているだけだった。

「堀と西浦さんは、まだ来てないようだな」

「二人とも間もなく現われるでしょう」

「だろうな。入江、もうクランクアップしたのか？」

「え？」

「そっちは女優刑事《デカ》なんじゃなかったっけ？」

「からかわないでください」

「いや、入江なら女優になれるよ」

「わたし、そんなに無能ですか？」

「絡むなって。冗談だよ」

刈谷は、奈穂と向かい合う位置に腰を落とした。

「美人写真家はお元気ですか？」

「元気だよ。そんなことよりも、今度の捜査本部事件の筋をどう読んでる？」

「変質者の犯行臭いですね。加害者は被害者の首を両手で絞めた後、わざわざ鋏で両耳と唇を切り取って持ち去ったんですから。報道で事件のことを知ったとき、わたし、変質者の仕業《しわざ》だと直感しました。ただ……」

「ただ、何だ？」

「池内美由紀という被害者は個性的な美人で、スタイルもよさそうなんですよね。それに、まだ三十四歳でした。犯人は性的な暴行を加えてそうなんですけど、マスコミ報道によると、体は穢《けが》されてなかったみたいなんです」

「確かそうだったな。金品も奪われてなかったと思うよ」

「ええ、そうでしたね」

「被害者の両耳と唇は削《そ》ぎ落とされてたが、それで猟奇事件と考えるのは早計なんじゃないのかな」

「そうでしょうか」

奈穂は何か反論しかけたが、口を閉じた。

「入江は知らないと思うが、殺されたネイルサロン経営者は新宿署《うち》の連中が世話になってた情報屋だったんだよ。組対課にいた堀は、何度か池内美由紀から情報を貰《もら》ったはずだ」

「そうだったんですか。それなら、耳と唇を切り落とされたのは密告者《みっこくしゃ》に対する一種の見せしめなのかもしれません」

「そうなんだろうな」

刈谷は脚《あし》を組んだ。そのとき、西浦律子がやってきた。

「おっはよう！　あれ、堀君がいないね。刈谷ちゃん、堀君は風邪で寝込んじゃった？」

「そういう連絡は受けてません」

「なら、そのうちに来るわね」

「と思いますよ」

刈谷は短く応じた。律子が左隣に腰かける。

奈穂がさりげなく立ち上がった。茶の用意をする気になったようだ。

「今度の事件《ヤマ》、猟奇色が濃いんじゃない？」

「西浦さんも変質者の仕業と読んだようですね。入江も、そう睨《にら》んだようですが……」

「刈谷ちゃんは、筋の読み方が違うと思ってるのね。あっ、被害者《マルガイ》は情報提供者のひとりだったな」

律子が膝《ひざ》を打った。

「そうなんですよ」

「性的異常者なら、おっぱいかお尻《しり》の肉を削ぎそうね。耳や唇を切り落としたのは、密告《タレコミ》屋に対する報復行為と考えるべきだろうな」

「おれは、そう考えてるんですよ」

刈谷は言って、組んでいた脚を下《お》ろした。ちょうどそのとき、奈穂が三人分の緑茶を運んできた。コーヒーテーブルに三つの茶碗が置かれる。

日本茶を啜《すす》っていると、堀がアジトに駆け込んできた。いつになく緊張した顔つきだ。

「堀、何かあったのか？」

刈谷は声をかけた。

「主任、アジトを別の場所に移したほうがいいと思うっすよ。受付の近くで持丸勇作《もちまるゆうさく》刑事課長に呼びとめられて、捜査資料室の連中は隠れて事件捜査をしてるんじゃないのかと探《さぐ》りを入れられたんです」

「で、おまえはどう反応したんだ？」

「空とぼけて、オーバーに目を丸くしておきました。だけど、持丸課長はなんか怪しんでる感じでしたね。持丸課長がこの部屋に入ってきたら、まずいことになるんじゃないっすか？」

「スタッフルームだと言い張ればいいさ。堀は心配性だな」

「けど……」

「とことんシラを切るんだよ。チームのことが本庁の上層部に知られたら、本多署長は懲戒免職に追い込まれかねない。たとえキャリアであっても、独断で非公式な極秘捜査班を結成したわけだからな」

「そうなるでしょうね。だけど、本多署長がチームを創設してくれたから、凶悪事件の捜査期間を大幅に短縮できたわけです。おれたちと署長直属の日垣徹《ひがきとおる》警部の支援がなかったら、署の年間予算は上半期で遣《つか》い切ってるでしょう」

堀が言った。

恩を着せるつもりはないが、事実、その通りだった。『潜行捜査隊』は血税の無駄遣いを抑《おさ》えているチームと言えよう。

四十二歳の日垣は、五年半ほど前まで本庁捜査二課知能犯係の主任を務めていた。

だが、大物国会議員の収賄《しゅうわい》疑惑に警察OBが絡んでいた確証を握ったことで、上層部に煙たがられるようになった。そんなことで上野署に飛ばされ、二年半あまり前に新宿署に移ってきたのだ。

本多署長は優秀な人材を惜《お》しんで、交通課の課長補佐に甘んじていた日垣警部を署長室付きにした。正式な役職ではなかったが、頼りになるブレーンだった。

「持丸課長は本多署長と反《そ》りが合わないから、チームのことを知られたら、面倒なことになりそうね」

律子が刈谷に言った。

「持丸の旦那はおれのことも嫌ってるようだから、チームの存在を知ったら、本庁警務部人事一課監察か警察庁《サッチョウ》の首席監察官に密告しそうですね」

「そうなったら、本多署長だけじゃなく、新津隊長も職を失うかもしれないわね。キャリアの署長と準キャリアの隊長は、だらけきった警察社会に風穴をあけようとして立ち上がったんだから、わたしたちメンバーが二人を守り抜かなきゃ。刈谷ちゃんも、そう思うでしょ？」

「もちろんですよ」

「チームのことをうるさく嗅《か》ぎ回ってる持丸課長に毒を盛っちゃう？」

「西浦さん、それはやりすぎっすよ」

堀が口を挟んだ。

「冗談よ。でも、刑事課長にも何か弱みがあるはずだわ。堀君、それを押さえてよ。持丸課長は案外、女好きなんじゃない？　どこかに浮気相手がいたら、刑事課長はチームのことをもう詮索《せんさく》できなくなるはずよ」

「そうっすね」

「堀君、そのうち持丸課長の私生活をチェックしてみて」

律子が言った。堀がうなずいて、奈穂の横に坐る。

「堀さんも、日本茶でいい？」

「いや、おれは何もいらないよ。署に来る前に缶コーヒーを飲んだばかりなんだ」

「そうなの」

奈穂が口を閉じた。

そのすぐ後、新津隊長が秘密刑事部屋に入ってきた。いつものように青い四冊のファイルを小脇に抱えている。ツイード地の茶系のスーツが似合っていた。

新津は四十四歳で、学者を想《おも》わせる理知的な容貌だ。

準キャリアでありながら、国家公務員総合職・一般職試験合格者の警察官僚《キャリア》たちとは明らかに距離を置いている。新津警視はキャリアや準キャリアの大半が派閥争いに明け暮れていることを嘆《なげ》き、彼らの存在が諸悪の根源だとさえ公言していた。

だからといって、一般警官《ノンキャリア》を味方につけようと働きかけたことはない。孤高の個人主義者なのだろう。

「また、みんなに活躍してもらいたいんだ。大変だろうが、ひとつ頼むよ」

新津隊長が言って、刈谷たち四人に青いファイルを配った。

「鑑識写真も揃えてくれたんですよね？」

律子が確認する。

「ああ、揃えてある。惨《むご》たらしい写真なんで、長くは正視できないと思うがね。初動と第一期捜査に関する資料は用意したよ。捜査に手抜かりはないと思うんだが、被害者に悪事を密告された少女売春クラブと故買屋グループの親玉を洗い直してみたほうがいいかもしれないな」

「隊長、そういうことは主任の刈谷ちゃんに言ってくださいよ」

「西浦さんが四人の中では最年長なんで、つい……」

「隊長、デリカシーがないな。こう見えても、わたしは未婚者なんですよ。高校生の娘はいますけどね」

「別に他意はなかったんだ。捜査資料を読み込んでみてくれないか。作戦は、きみに任せるよ」

新津が刈谷に顔を向けてきた。

刈谷は無言でうなずいた。

3

口許は血みどろだった。

刈谷は、最初に死体写真を見た。鑑識写真は二十葉《よう》近くあった。刈谷は自席についていた。三人の部下も、それぞれ自分の机に向かって捜査資料に目を通している。

現在、新津隊長は署長室にいるはずだ。

「ここまで惨いことをやることないのに。遺族は亡骸《なきがら》と対面したとき、卒倒したんじゃないのかな。ね、刈谷ちゃん？」

律子が言いながら、鑑識写真を伏せた。正視していられなくなったのだろう。

刈谷は低く相槌《あいづち》を打って、写真を繰《く》りはじめた。

鋏で切断された両耳の傷口には、血糊《ちのり》が盛り上がっている。頰《ほお》から顎先にかけて血の条《すじ》が這《は》っていた。出血量は夥《おびただ》しい。着衣も血塗れだ。

美由紀は白目を晒《さら》し、舌の先を覗かせている。歪《ゆが》められた顔が痛々しい。

首と喉には圧迫痕があった。加害者の親指の痕《あと》は太い。犯人は男と推定できる。

美由紀は仰向《あおむ》けだった。おそらく犯人は美由紀を鋏で威嚇《いかく》し、商業ビル建設予定地に連れ込んだのだろう。そして被害者を押し倒して馬乗りになり、革手袋を嵌《は》めた両手で首を強く絞めたと思われる。その後、美由紀の両耳と唇を削いだのだろう。

事件現場は整地され、高い板塀《いたべい》が巡らされていた。作業車の出入口には移動式の鉄柵が設置されているが、道路側から死角になる場所は少なくない。加害者はやすやすと犯行に及んだのだろう。

刈谷は鑑識写真の束《たば》を机上に置き、解剖所見の写しを手に取った。

死体が発見されたのは、昨年十二月五日の午前五時十二分過ぎだった。発見者は新聞配達のアルバイトをしている男子大学生だ。新聞配達中に尿意を覚えて事件現場に入り込み、遺体を目にしたようだ。

現場検証が終わると、遺体はいったん新宿署に安置された。数時間後には東京都監察医務院に搬送され、司法解剖が行なわれた。

死因は、絞頸《こうけい》による窒息死だった。頸骨が折れていた。死亡推定日時は、十二月五日の午前三時から四時二十分の間とされた。被害者は犯されていなかった。

両方の外耳と唇上下が切断されたのは、死後であることも判明した。切断面から凶器は裁断鋏と推定された。

刈谷は事件調書を読みはじめた。

事件前夜、池内美由紀は歌舞伎町一丁目にあるネイルサロンの戸締まりをして、九時半に店を出ている。その後、行きつけの居酒屋で午前零時近くまで飲食したことは裏が取れている。

だが、その後の足取りは不明だった。被害者は中野坂上《なかのさかうえ》の賃貸マンションで独り暮らしをしていたが、事件当日はすぐに帰宅しなかった。美由紀は馴染《なじ》みの酒場を出てから、どこで過ごしていたのか。

初動捜査で、新宿署刑事課と警視庁機動捜査隊初動班はまず被害者の金銭面のトラブルの有無《うむ》を調べた。

ネイルサロンの経営は順調だった。三人の従業員の給料が遅配されたことは、ただの一回もなかった。店の家賃も滞《とどこお》らせていない。

被害者はほぼ毎晩、梯子酒《はしござけ》をしていたが、勘定はいつも現金払いだった。知人や友人とも、金の貸し借りはしていなかった。

捜査本部が設けられると、刑事たちは池内美由紀の男性関係を洗った。被害者は四十八歳のレストラン経営者と大人の仲だったが、痴情《ちじょう》の縺《もつ》れはなかった。

新宿署組織犯罪対策課の瀬下《せした》努《つとむ》巡査部長の証言で、美由紀から悪質な少女売春クラブと故買屋グループに関する情報提供を受けていたことが明らかになった。

少女売春クラブのオーナーは元AV監督で、家出中の中高校生をアイドルにしてやると騙《だま》し、ネットカフェ暮らしをしている若い男たちにレイプさせ、そのシーンを一部始終ビデオ撮影させていた。家出少女たちの弱みにつけ込み、不特定多数の男たちに体を売らせていたらしい。

新興の故買屋グループの親玉の小坂厳夫《こさかいわお》は、デパートの元保安員だ。ディスカウントストアや大型スーパーで万引き犯を見つけては脅迫し、貴金属泥棒に仕立てて盗品を安く買い叩いていた。

捜査本部は、元AV監督とデパートの元保安員を徹底的にマークした。しかし、どちらにもアリバイがあった。誰かに池内美由紀を始末させた疑いもなかった。

そんなことで、第一期捜査では容疑者を割り出せなかったようだ。元AV監督と元保安員はそれぞれ地検に送致されて、元AV監督は東京拘置所に収監されている。故買屋の小坂は保釈され、公判待ちだった。

美由紀が経営していたネイルサロンは、三人の従業員によって営業中だと資料には記述されていた。被害者の遺志を継《つ》いで、従業員たちは店を閉めなかったらしい。

刈谷はファイルを閉じて、紫煙《しえん》をくゆらせはじめた。

「刈谷ちゃん、家出少女たちに売春させてた元AV監督の吉松泰明《よしまつやすあき》、四十五歳がちょっと怪しいんじゃない？」

律子が話しかけてきた。

「臭いと思った理由は？」

「資料によると、吉松はAV制作会社を潰《つぶ》して二年前に自己破産してるでしょ？」

「ええ、そうですね」

「三億七千万円の負債は払わなくて済むようになったわけだけど、エッチなDVDを制作してお金も追い求めてた奴よ。自己破産したからって、金銭欲が萎《しぼ》んだりしないでしょ？」

「そうでしょうね」

「吉松は少女売春クラブの経営で荒稼ぎして、再起する気でいたんじゃないのかな。それなのに、被害者に密告されてしまった。ものすごく頭にきたと思うのよ」

「それはそうでしょうね」

「吉松が自分のアリバイを用意しといて、仕事のなくなったAV男優の誰かに被害者を殺《や》らせたとは考えられない？」

「少女売春クラブのことを被害者に密告《チク》られた後、吉松が第三者に池内美由紀を始末させたら、警察にすぐ疑われちゃうでしょ？」

「そっか、そうだよね。強《した》かに生きてきたと思われる元AV監督がそんなヘマはやらないか」

「ええ、多分ね」

刈谷は、長くなった煙草の灰を指先ではたき落とした。そのとき、堀が言葉を発した。

「保釈中の小坂厳夫、五十一歳もシロなんすかね。万引き犯を見つけて窃盗犯《ギ》に仕立てたというんだから、根っからの悪人なんでしょ？　てめえは手を汚さずに盗らせた貴金属を安く買いたたいて、ブラックマーケットに流してたなんて、ヤー公どもより性質《たち》が悪いっすよ」

「そうだな」

「小坂はダーティー・ビジネスのことをリークされたんで、池内美由紀に殺意を覚えたのかもしれませんよ。で、窃盗犯のひとりに被害者《マルガイ》を片づけさせた可能性はゼロじゃない気がするっすね」

「小坂って奴は、だいぶ悪知恵が回るんだろう。そういう奴は殺人はもちろん、殺人教《きょう》唆《さ》も割に合わないと知ってるんじゃないのか」

刈谷は、短くなったセブンスターの火を揉《も》み消した。堀が長く唸った。

「主任、被害者はレストラン経営の柘植《つげ》克博《かつひろ》という男との割り切ったつき合いに満足してたんでしょうか？　池内美由紀に結婚願望はなかったとしても、夜ごと飲み歩いてたみたいですよ。店から中野坂上の自宅にまっすぐ帰らなかったのは、淋《さび》しさを味わいたくなかったからじゃありません？」

奈穂が話に加わった。

「そうなんだろうな」

「捜査資料には痴情の縺れはないと記《しる》されてましたが、本当にそうだったんでしょうか。

柘植という彼氏には家庭があるんで、堂々とは会えなかったんでしょう。どんなにドライな女性でも、切ない気持ちになるんじゃないんですか。それだから、被害者は彼氏を独占したくなって……」

「池内美由紀は、彼氏に妻と別れてくれと哀願した？」

「そうなのかもしれませんよ。だけど、彼氏のほうは家庭を棄《す》てる気はなかった。そんなことで、二人の関係はうまくいってなかったんじゃないのかしら」

「奈穂は鋭いね」

　律子が刈谷よりも先に言葉を発した。

「あっ、ごめんなさい。西浦さんに辛《つら》い思いをさせる気はなかったんです」

「わかってるわ。奈穂、気にしないで。わたしにも覚えがあることだから、被害者《マルガイ》の切なさはよくわかるわ。好きになってはいけない男性《ひと》に惚《ほ》れてしまったんだから、ずっと負い目は感じてるのよね」

「ええ、そうだと思います」

「でも、人間には理性ではコントロールできないことだってある。愛《いと》しさが極《きわ》まったら、不倫相手を独り占めにしたくなるわ。でも、奥さんや子供を自分のエゴイズムの犠牲にしてはいけないってブレーキがかかるの」

「でしょうね」

「けど、切ない気持ちが膨《ふく》らむと、相手の男の煮えきらない姿勢を罵《ののし》りたくなるときもあるのよ。池内美由紀はどうにもならない遣《や》るせなさを柘植という彼氏にぶつけてしまったのかもしれないわね。妻子に背を向ける気がない男は、かなり狼狽《ろうばい》すると思うよ。第三者に不倫相手を葬《ほうむ》らせる奴もいるんじゃないのかな。柘植克博がそうしたかどうかはわからないけどさ」

「仮に痴情の縺《もつ》れがあったとしても、柘植という男は実行犯に被害者の耳や唇を切り落とさせるでしょうか」

奈穂が小首を傾《かし》げた。

「レストラン経営者は、被害者が警察に犯罪情報を流してたことは知ってたと思うよ」

「でしょうね。柘植克博は捜査当局に疑われることを避けたくて、実行犯に被害者の耳と唇を削ぎ落とさせたんでしょうか。なんか意地の悪い筋の読み方ですけど、男と女の関係は割り切れない部分があると思うんですよ」

「そうだね」

シングルマザーが奈穂に言って、刈谷に顔を向けてきた。

「わたしと奈穂は柘植克博に会ってみるわ。その後、拘置所にいる元ＡＶ監督の家族や知り合いから改めて聴取してみるわよ。吉松泰明は自己破産後、江東区の都営住宅で暮らしてたんだっけな」

「そうです。おれと堀は最初に小坂厳夫の自宅兼事務所に行って、それから被害者《マルガイ》が経営してたネイルサロンに回りますよ」

「わかったわ。刈谷ちゃん、わたしたちはプリウスを使うわね」

「そうしてください。拳銃はどうします？　携行するんなら、すぐに銃器保管庫のロックを解除しますが」

「きょうは、特殊警棒と手錠だけでいいわ」

「そうですか」

刈谷は机の引き出しから、プリウスの鍵《キー》を抓《つま》み出した。奈穂が特殊警棒と手錠を腰に装着し、刈谷の席に回り込んでくる。

チームは、黒いスカイラインと灰色のプリウスを捜査に使っていた。時と場合によって、メンバーは二台の覆面パトカーを乗り分けている。年下の相棒がドライバーを務めることが多い。

別に男女でペアが分かれているわけではない。四人は臨機応変に相棒を替えながら、聞き込みや尾行をしていた。

「先に出るわね」

律子が刈谷に言い、奈穂とともにアジトから出ていった。

「主任、おれたちは拳銃を携行しましょうよ。何があるかわからないっすから」

「そうするか。しかし、やたら発砲するなよ」

刈谷は引き出しから特殊警棒と手錠を取り出し、所定のケースに収めた。堀刑事が無言で倣《なら》う。

刈谷は椅子から腰を浮かせ、銃器保管庫に近づいた。ガンロッカーのダイヤル錠を左右に回し、扉を開ける。

警部補以下の制服警官には、二〇〇六年からS&W《スミスウエッソン》社のM360という小型回転式拳銃《リボルバー》が貸与されている。通称サクラだ。刑事にはシグ・ザウエルP230JPが支給される。公安捜査官や女性刑事には、小型自動拳銃が与えられることが多い。

『潜行捜査隊』のメンバーには、シグ・ザウエルP230JPが貸し与えられている。

原産国はスイスだが、日本でライセンス生産されている中型ピストルだ。ダブルアクションで、二弾目からは撃鉄《ハンマー》をいちいち起こす必要はない。

弾倉《マガジン》には、七発の実包《じっぽう》が収まる。初弾を予《あらかじ》め薬室に送り込んでおけば、フル装弾数は八発だ。ライフリングは六条の右回りだった。銃把《グリップ》の左側上部に手動式の安全装置が装備されている。

刈谷は先に堀刑事にシグ・ザウエルＰ230ＪＰを渡した。ふだん、マガジンは空《から》にしてある。

堀が銃把からマガジンを引き抜き、七・六五ミリ弾を手早く七発詰めた。スライドを引き、初弾を薬室に滑らせる。追加の一発を装塡《そうてん》し、マガジンを銃把に戻した。

刈谷も同じ要領でフル装弾し、拳銃をショルダーホルスターに突っ込んだ。ガンロッカーをロックし、黒いカシミヤジャケットの前ボタンを掛ける。

「スカイラインのスマートキーをください」

堀が右手を差し出した。

そのとき、秘密刑事部屋のドアが荒っぽく開けられた。入室したのは刑事課長の持丸だった。

「ノックもしないで入ってくるなんて、礼儀知らずだな」

「刈谷、その口の利《き》き方は何だっ。職階が同じ警部《オブケ》だからって、対等じゃないんだぞ。おれのほうがずっと刑事歴は長いんだ」

「前にも言ったが、おれはあんたの部下じゃない。呼び捨てにしないでほしいな」

「きさま、何様のつもりなんだっ。本多署長に目をかけられてるからって、いい気になるな」

「おれが署長に目をかけられてるって⁉　反対だよ。使えない男と判断されたから、捜査資料室に回されたんだ」

「下手《へた》な芝居はよせ！　捜査資料室が隠れ蓑《みの》だってことは、お見通しなんだよ」

「あんた、頭がおかしいんじゃないのか？」

「きさま！　また、おれのことをあんたと言ったな。おれは大先輩なんだぞ。それに一応、刑事課長なんだっ」

「だから、何なんだい？」

刈谷は言い返した。持丸が気色《けしき》ばむ。

「きさま、喧嘩を売ってんのかっ」

「絡んできたのは、そっちじゃないか」

「生意気な奴だ」

「気に入らないんだったら、殴ってもいいよ。すぐに殴り返すがね」

「子供っぽいことを言うな。それより、新津警視はどこにいる？　直《じか》に訊きたいことがあるんだ。居場所を教えろ」

「新津さんは忙しいんだ。代わりに主任のおれが話を聞こう」

「質問にちゃんと答えろ。新津さんは、どこに行ったんだ？」

「わからないな。新津警視は多忙なんで、しょっちゅう出たり入ったりしてるんでね。な、堀？」

「主任が言った通りっすよ」

「やくざ刑事《デカ》は引っ込んでろ！」

「おれは、まともな刑事っすよ。ヤー公と蛇は大嫌いなんだ」

「堀は誰が見ても、やの字にしか見えない。組対課にいたころから、よく組員に間違われてたんだろうが？」

「刑事課長か何か知らないけど、そこまでおれを侮辱すると、尻《けつ》を捲《まく》るっすよ」

堀が前に出て、小柄な持丸を見下ろした。

「おい、退《さ》がれ！　おまえみたいなでっかい野郎に近寄られると、不快なんだよ」

「決めた！」

「急に大声を出して、何なんだ⁉」

「あんたを半殺しにして、おれは辞表を書く」

「短気は損気だぞ」

持丸課長が言いながら、数歩退《さ》がった。蒼《あお》ざめていた。

刈谷は大柄な部下を目顔《めがお》でなだめ、持丸を見据えた。

「何か含んでいるようだが、言いたいことをはっきり言えよ」

「ああ、言ってやる。本多署長は捜査資料室におまえたち五人を集めて、刑事課に内緒で隠れ捜査をさせてるんじゃないのか。そうなんだろうが？」

「おれたちは事件調書の管理をしてるだけで、そんなことはしてない」

「嘘つくな。終日《しゅうじつ》、資料室にいなければならないスタッフがちょくちょくペアで出かけてる。なかなか落着しない犯罪《ヤマ》をおまえらが調べて、本多署長に報告してるにちがいない」

「それは邪推《じゃすい》ってもんだ。なんでそんなふうに考えるのかな」

「しらばっくれるつもりか。いいだろう、言ってやるよ。署長付きの日垣警部が手間取ってる事件《ヤマ》の手がかりを何度も与えてくれた。だから、署長がおまえらに隠れ捜査をさせてると睨んだのさ。どうだ、図星だろうが？」

「外れだな。おれたち五人は、地道に事件調書の貸し出しをやってるだけだ」

「くそっ！　いまに尻尾《しっぽ》を摑んでやる」

持丸が忌々《いまいま》しげに言って、憤然《ふんぜん》と秘密刑事部屋から出ていった。

「早いとこ刑事課長の弱みを摑まないと、厄介《やっかい》なことになりそうっすね」

「そうだな」

「おれ、何日か持丸を尾行してみますよ」

堀が言った。

「おまえは体格《ガタイ》が目立つから、尾行を見破られそうだな」

「そうっすかね」

「おれの知り合いの誰かに持丸の私生活を調べてもらうよ」

刈谷は恋人の顔を思い浮かべながら、部下に言った。堀が小さくうなずいた。

「地下の車庫に下りよう」

刈谷はアジトを先に飛び出した。

4

エレベーターが停止した。

警視庁本部庁舎地下二階の車庫に着いた。刈谷は函《ケージ》を出て、小脇に抱えている鹿革《しかがわ》のハーフコートと捜査資料を持ち直した。

「おれ、先に……」

堀が言って、覆面パトカーに駆け寄った。あたふたと運転席に乗り込む。

刈谷はスカイラインに足を向けた。

十数メートル進んだとき、駐車中の灰色のエスティマの陰に人影が隠れた。刈谷は、その姿を視界の端で捉《とら》えていた。

身を隠したのは刑事課の巡査長だ。梨本《なしもと》という姓で、二十八歳だったか。

「おい、梨本！　持丸課長に言われて、おれたちを尾行するつもりだったんだな？」

「…………」

「顔を見せないと、新婚早々のおまえがちょくちょく二丁目のゲイバーに通ってることを署内で触《ふ》れ回るぞ。それでも、いいのか？」

「こ、困ります」

梨本が焦《あせ》ってエスティマの陰から現われた。

「結婚したのは、ゲイを隠すための偽装なんだろう？」

「ち、違います。自分は異性も同性も好きになれるんですよ」

「つまり、両刀遣い《バイセクシュアル》ってわけか？」

刈谷は確かめた。

「は、はい」

「欲張りだな、女と男の両方とナニしたいなんてさ」

「すみません」

「別に謝ることはないよ。性の好みもいろいろだからな。ただ、ノーマルとは言えないんじゃないのか。そう思うのは、このおれだけかな。署のみんなはどう感じるかね。後学のために、五、六人に意見を求めてみるか」

「刈谷警部、やめてください。自分、妻と偽装結婚したんではありません。かけがえのない女性だと思えたから、プロポーズしたんです。だけど……」

「男の肌にも触れたくて、ゲイたちのハッテンバでパートナーを見つけてるんだろう?」

「たまにです。月に一、二回ですよ」

「そのことを奥さんが知ったら、即、実家に帰っちゃうだろうな。バツイチになってみるか?」

「警部、もういじめないでください。持丸課長の指示で、刈谷さんたちの動きを探《さぐ》る気でした。でも、尾行はしません。ですんで、自分が二刀流であることは誰にも言わないでほしいんです。夕方までどこかで時間を潰して、刑事《デカ》部屋に戻りますよ。もちろん、課長には適当なことを言っておきます」

「そうしないと、そっちの人生は暗転するぞ」

「わかっています」

「梨本、そのうち二人で飲むか？」

「誘ってくださるんですか。光栄です。自分、ちょっと危険な匂いのする刈谷警部のことをずっと素敵だと思ってたんですよ。嬉しいな」

梨本が粘《ねば》っこい眼差《まなざ》しを向けてきた。

「おい、妙な目つきになったな。冗談だよ。真《ま》に受けるなって」

「えっ、そうだったんですか。意地悪なんですね、刈谷警部は。でも、自分は冷たくされると、かえって燃えるタイプなんです」

「そうかい、そうかい。とにかく、持丸には余計なことを言うなよ」

刈谷は視線を外し、スカイラインに走り寄った。鹿革のハーフコートを後部座席に投げ、助手席に腰を沈める。

「刑事課の梨本、おれたちの動きを探る気だったんでしょ？」

堀が訊《き》いた。すでにエンジンがかけられ、車内は暖められている。

刈谷は、梨本との遣《や》り取《と》りを手短に話した。

「持丸課長のことを新津隊長か本多署長に報告して、次の異動で別の所轄署に追い払うよう裏から手を回してもらったほうがいいんじゃないっすか？」

「新津さんや署長に面倒なことはさせられない。何か手を打つよ」

刈谷は堀に言って、青いファイルを膝の上で開いた。捜査資料には故買屋の小坂厳夫の顔写真が貼付《ちょうふ》され、自宅兼事務所の所在地も記《しる》されていた。

「堀、小坂の面《つら》は頭に叩き込んであるな？」

「ええ。デパートの元保安員だけあって、眼光が鋭いっすね。おれたちも目つきはよくないっすけど、小坂は三白眼《さんぱくがん》気味ですから、かなり凄《すご》みがあります」

「そうだな。目的地は戸山《とやま》二丁目十×番地だ。車を出してくれ」

「了解しました」

堀がスカイラインを発進させた。青梅街道を道なりに進み、靖国《やすくに》通りをたどる。

車は新宿五丁目交差点から明治《めいじ》通りに入り、池袋方面に進んだ。覆面パトカーは大久保《おおくぼ》通りを突っ切り、七、八百メートル先を右に折れた。

小坂の自宅兼事務所は、戸山住宅の斜め裏のあたりにあった。町工場に似た造りの木造モルタル塗りの二階家だ。地下の一部は倉庫と事務所になっていた。二階が住居スペースになっているようだ。

堀刑事が数軒先の路肩にスカイラインを寄せ、ギアをP《パーキング》レンジに入れた。

「捜査資料によると、小坂は六年前に離婚して以来、独り暮らしをしてるようです。いまの住まい兼事務所は借りてるはずっす。一階の倉庫には、万引き犯たちに盗《ギ》らせた貴金属が納めてあるんでしょう」

「盗品を処分してなきゃ、そうだろうな」

「主任、警察手帳《チヨウメン》を見せて小坂に再聴取するんすか？」

「いや、正攻法は通用しないだろう。おれたちは二人とも面《メン》が割れてない。最初は故買屋になりすますか。小坂が盗品を安く闇ルートに流してるんで、値崩れを起こしはじめてると因縁《いんねん》をつけよう」

「いちゃもんをつけてから、池内美由紀殺しに本当に関わってないかどうか探りを入れるんですね？」

「そうだ」

刈谷は上体を捩《ねじ》って、青いファイルを後部座席に置いた。鹿革のハーフコートを摑んで、先に助手席から出る。寒気が厳しい。

カシミヤジャケットの上にハーフコートを羽織ったとき、堀が運転席を離れた。スーツの上に、黒いダウンジャケットを重ねている。プロテクターを装着したラガーのようだ。威圧感がある。

二人は数十メートル逆戻りし、勝手に小坂の自宅兼事務所の門扉《もんぴ》を抜けた。事務所の出

「兄貴、このおっさんを少し痛めつけたほうがいいっすよ」

堀が芝居っ気《け》たっぷりに言って、刈谷の横顔をうかがった。

「そうカッカするな」

「けど、兄貴……」

「おまえは黙ってろ」

刈谷は堀に言い、小坂に顔を向けた。

「うちのグループの実入りがだいぶ減ったことは事実なんだよ。おたくが営業妨害したってことになるな」

「あんたらの言い分は筋が通らない。わたしは、ただの一度だって買い取った盗品を闇ルートに流したことなんかない」

「そこまで言い切っちゃってもいいのかな。おれたちは、おたくがブラックマーケットの人間と値段の交渉をしてるとこを動画撮影してるんだ」

「えっ、そうなのか⁉」

小坂が狼狽《ろうばい》した。

「もう観念しなって。営業妨害したことを素直に認めて、それなりの誠意を示してくれりゃ、事を荒立てる気はない。同業同士なんだからさ」

「いくら出せと言うんだ？」

「迷惑料として、二億いただこうか」

「そんな大金、用意できるわけないじゃないかっ。無茶を言うな」

「駆け引きなんかしてると、おたく、実刑判決が下って服役することになるよ」

「わたしを警察に売る気なのか⁉　あんたらだって、盗品を買い叩いて闇ルートに流してるんだろ？」

「故買ビジネスの件では密告《チク》れないよな。おれたちは同業者なんだからさ。小坂さんには、別の弱みがある」

「別の弱みって⁉　なんのことだ？」

「去年の十二月五日の早朝、歌舞伎町の商業ビル建設予定地で池内美由紀の扼殺体が発見されたでしょ？　かわいそうに窒息死させられた後、元ショーダンサーは両耳と唇を削がれちまった」

「その事件のことは憶《おぼ》えてるが、わたしとどういう関係があるんだね？」

「殺された女はネイルサロンを経営してたんだが、情報屋でもあった。池内美由紀はダンサー時代から裏社会のことに明るかったんで、犯罪者のことをあれこれ警察に流してたんだよ」

「そうだったのか」

「ポーカーフェイスが上手だな」

「何を言ってるんだ⁉」

「小坂さん、ばっくれても意味ないぞ。池内美由紀は、そっちが失業中の若い奴らを陥れて窃盗犯に仕立てたことを新宿署の組対課の刑事にリークした。おれたちは、そのことも知ってるんだよ。小坂さんが捜査本部の奴らに殺人事件で怪しまれた事実もわかってる」

「えっ⁉」

「事情聴取ではボロは出さなかったようだが、そっちが第三者に池内美由紀を始末させたと疑える点がある。美由紀は親しい者に『小坂厳夫って故買屋に命を狙われるかもしれないの』と言ってたんだ」

「池内って女がわたしのことで新宿署の刑事に故買の件で密告したことは感じ取ってたよ。去年の十一月中旬ごろから、身辺に刑事たちの影がちらつくようになったんでな。しかし、わたしは誰にも女情報屋を殺《や》らせてない。故買の件では検挙《アゲ》られずに済んだわけだからさ」

「第三者に殺人依頼した覚えはないと言い張るわけか」

「当たり前じゃないか。故買のことは認めるが、わたしは極悪人じゃない」

「実はね、おたくに美由紀を始末してくれと頼まれた男を締め上げたんだよ。そいつは三百万円の成功報酬を貰って、池内美由紀を扼殺したことを吐いた。変質者の犯行に見せかけるために美由紀の耳と唇を切り落としたのは、おたくの指示だったとも認めたな」

刈谷は大胆に鎌をかけた。禁じ手であることは、当然、承知していた。

しかし、無法者たちの多くは平気で嘘をつく。生ぬるい追及の仕方では、犯罪者たちを自供には追い込めない。違法捜査は慎《つつし》むべきだが、急を要する場合はやむを得ないだろう。

「どこの誰がそんな作り話をあんたに吹き込んだんだっ。そいつを名誉毀損《きそん》で訴えてやる！」

小坂が息巻いた。全身に憤《いきどお》りがにじんでいる。

刈谷は、小坂の顔を直視した。小坂はまったく目を逸《そ》らさない。累犯者《るいはんしゃ》たちは自分には疚《やま》しさがないと印象づけたくて、ことさら捜査関係者の顔を見つめ返してくる。

その場合、ほとんど瞬《まばた》きをしない。それが不自然で、演技をしていると看破《かんぱ》されてしまう。だが、小坂厳夫はまるで目をしばたたかないわけではなかった。回数こそ多くないが、瞬きはしている。視点も定まっていた。

後ろ暗さを感じている者はほんの一瞬だが、目を泳がせる。それが共通点だ。

しかし、小坂はそうしなかった。なんとか言い逃れようとしている様子はうかがえない。故買屋は、捜査本部事件では潔白だろう。

刈谷は、そういう心証を得た。刑事の勘だった。部下の堀を横目で見る。

堀が無言で首を小さく振った。彼も自分と同じ心証を得たことは間違いないようだ。

「あんた、もっともらしい作り話でわたしから少しでも多くの迷惑料をせしめる魂胆《こんたん》だったんだな。そんな手には引っかからないぞ」

「おたくに殺人《コロシ》を頼まれたという男は、なぜ嘘をつく必要があったのかな」

「それは謎だが、あんたらは作り話を真に受けて乗り込んできたんだろうが、わたしは脅迫には屈しないぞ。あんたらも、他人《ひと》に堂々とは言えない闇商売をしてるんだろう。どっちにも弱みがあるんだから、迷惑料なんか一銭も払う気はない」

「確かに、おたくの言う通りだ。殺人教唆《きょうさ》の疑いがありそうなんで、たっぷり強請《ゆす》れると思ったんだが、おれは嘘つき野郎のでたらめを信じちまったようだ。もう銭は要求しないよ」

「当然さ」

「おたくが池内美由紀を誰かに葬《ほうむ》らせてないなら、いったい何者が犯人なんだろうか。殺された元ショーダンサーは、家出少女たちに売春を強要してた男のことを新宿署の刑事に密告したらしい。少女売春クラブを経営してたのは、確か元AV監督の吉松泰明だったな。小坂さん、そいつの噂を耳にしたことはない？」

「なんの噂も聞いてないよ。あんたら、本当に故買ビジネスで喰ってるの？　なんだか怪しいな。もしかしたら、警察関係者なんじゃないのか。え？」

小坂が訝《いぶか》しげに言って、刈谷と堀の顔を交互にしげしげと見た。刈谷は一瞬、身分を明かす気になった。

しかし、すぐに思い留《とど》まった。そうしたところで、事件の手がかりは得られないと判断したからだ。

「押しかけてきて、悪かった。故買ビジネスをいつまでもやってると、刑務所《ムショ》にぶち込まれるぞ。余計なお世話だけどな。なるべく早く足を洗ったほうがいい」

刈谷は小坂に言って、堀を目顔《めがお》で促《うなが》した。

二人は相前後してソファから立ち上がり、事務所を出た。路上で、堀が口を開いた。

「小坂厳夫はシロっすね」

「そう判断してもいいだろうな。堀、池内美由紀が経営してたネイルサロンに行ってみよう。店名は『エレガント』で、さくら通りの雑居ビルの三階にあるんだったかな？」

「そうっす」

「行こう」

刈谷は堀の背を軽く叩いて、スカイラインに向かって歩きだした。すぐに堀が肩を並べる。

刈谷は堀がスカイラインに乗り込んでから、助手席に腰を沈めた。鹿革のハーフコートを着たままだった。シートベルトを掛けかけたとき、刈谷の懐《ふところ》で刑事用携帯電話《ポリスモード》が鳴った。私物のスマートフォンは職務中、マナーモードにしてあった。

刈谷はポリスモードを摑み出し、ディスプレイに目を落とした。発信者は西浦律子だった。

「刈谷ちゃん、聞き込み中？」

「いいえ。少し前に故買屋の小坂厳夫の自宅兼事務所を辞去したとこです。小坂はシロでしょう」

「そう。わたしと奈穂は、元ＡＶ監督の吉松泰明と親しかったＡＶ制作会社の社長に探《さぐ》りを入れ終えたとこ。その社長のオフィスは四谷《よつや》にあるんだけど、売れ残ったエロＤＶＤが山と積まれてたわ。いまはネットのその種のサイトで、もっと過激な映像を無料で観《み》ることができるもんね」

「ええ。それで何か収穫はありました？」

「あっ、ごめん！　つい話を脱線させちゃったわね。ＡＶ制作会社の社長によると、吉松は少女売春クラブのことを被害者《マルガイ》に密告《チク》られたことで逆恨みしてたみたいよ」

「そうですか」

「でもね、殺し屋《プロ》を雇うだけの経済的な余裕はなかっただろうって。吉松は街金《まちきん》の取り立てに苦しめられてたんで、家出した女子中高生たちを威《おど》して売春クラブで働かせてたらしいの。その日の売上金の大半を街金の兄ちゃんたちに取り上げられてたみたいだから、吉松はいつもお金には不自由してたという話だったわ。それに元ＡＶ監督は猥褻《わいせつ》関係で三度も検挙されてるから、少女売春クラブのことをリークしたのが池内美由紀だと知っても、殺意まで抱《いだ》かないでしょ？　わたしと奈穂は、吉松はシロと思ってるの」

「おそらく、そうなんでしょう」

「吉松の奥さんは、島根の実家に戻ったらしいの。だから、わたしたちは被害者と不倫関係にあったレストラン経営者に会いに行くわ。柘植克博はオーナーシェフらしいから、この時間なら、赤坂五丁目にある自分の店にいると思うの」

「そうでしょうね。おれと堀は、これからネイルサロン『エレガント』に回ります」

「了解！　何か新事実がわかったら、すぐ刈谷ちゃんに報告するわ」

「よろしく！」

刈谷は刑事用携帯電話《ポリスモード》を折り畳んで、堀に目で合図した。シートベルトを掛ける。スカイラインが走りはじめた。

第二章　透《す》けた殺害動機

1

客の姿は見当たらない。

ネイルサロン『エレガント』だ。三人の女性従業員たちが所在なげに立っている。ひとりは三十歳前後で、もう二人は二十二、三歳だろう。

「新宿署の者なんだが、店長の磯貝樹里《いそがいじゅり》さんはどなたかな？」

刈谷は三人に声をかけた。

すると、三十絡みの女性が歩み寄ってきた。愛嬌のある顔立ちで、典型的な垂れ目だ。

「わたしが磯貝です」

「そう」

刈谷は警察手帳をちらりと見せ、姓だけを名乗った。かたわらの堀も苗字だけを告げる。

「オーナーだった美由紀さんを殺した犯人がようやく捕まったんですね？」

「残念ながら、そうじゃないんだ。われわれは捜査本部に新たに加わった支援捜査員なんだが、再聞き込みをさせてもらってるんだ」

「そうなんですか」

磯貝樹里は、刈谷の嘘を少しも疑っていない様子だった。後ろめたかったが、隠れ刑事であることを教えるわけにはいかない。

「お客さんがいないようだから、捜査に協力してもらえるかな？」

「はい。午前中は、めったにお客さまはいらっしゃらないんですよ」

「そうなのか。あなたたち三人で経営を引き継がれたようだね」

「ええ、そうなんですよ。先日、オーナーは自分に万が一のことがあったら、わたしたち三人で力を合わせて『エレガント』をつづけてほしいと言ってたんです。東村山《ひがしむらやま》のご実家の遺族の了承を得られたんで、三人で経営を引き継がせてもらったわけです。形だけですけど、店の代表者はわたしになっています」

「そうなの。ビルのオーナーも引き継ぎを認めてくれたんだ？」

「ええ、そうなんです。どうぞこちらに」

樹里が、出入口の横にある待合コーナーに刈谷たちを導いた。パステルカラーのソファが五脚あった。

刈谷は、堀と並んで腰かけた。樹里が椅子をずらし、二人と向き合う位置に浅く坐った。

「何かお飲みになります？」

「どうかお気遣いなく。早速ですが、あなたは池内美由紀さんがレストラン経営者の柘植克博さんと親しい仲だったことをご存じでしたな？」

刈谷は訊いた。

「ええ、知ってました。美由紀さんは三年近く前にタヒチに独りで遊びに行ったとき、現地で柘植さんと出会ったんですよ。柘植さんも独り旅をしてたようです」

「二人は海外でたまたま知り合って、たちまち恋に落ちたんですか。ロマンチックな話だな」

「ええ、そうですね。でも、柘植さんは妻子持ちなんで、美由紀さんは高まる恋情を懸命に抑《おさ》えようとしたみたいですよ」

「しかし、いったん燃え上がった恋の火は消せなかったんでしょうね」

「はい、そう言ってました。でも、奥さんを傷つけてはいけないからと美由紀さんは柘植さんと会うときは、香水は絶対に使わなかったみたいですよ」

「移り香で浮気してることを柘植夫人に覚《さと》られないようにしてたわけか。磯貝さんは、柘植さんとは面識があるんですか？」

「はい。一度、美由紀さんに連れられて赤坂の『セボン』というレストランに行ったことがあります。そのとき、コックコートに身を包んだ柘植さんが厨房《ちゅうぼう》から出てきて挨拶してくれたんです。優しげで、とっても素敵な方でした。美由紀さんが夢中になってしまったのもわかる気がします」

「二人は大人同士の関係をつづけてたようですが……」

「そうだったんだと思います。オーナーは、いえ、美由紀さんは細心の注意を払って柘植さんと密会を重ねてたはずですよ」

「そういうことなら、愛人とか妾《めかけ》って関係じゃなかったわけっすね？」

　堀が話に加わった。

「ええ。世間的には不倫関係ってことになるんでしょうけど、恋人同士だったんだと思います」

「被害者は手当の類《たぐい》はまったく貰ってなかったんですかね？」

「だと思います。誕生日にちょっとした物をプレゼントされたりはしてたんでしょうけど、愛人手当なんか美由紀さんは受け取ってなかったはずです」

「そうでしょうね」

「磯貝さん、池内美由紀さんがかつてショーダンサーをしてたことは知ってました？」

刈谷は堀を制して、樹里に問いかけた。

「その話は美由紀さんから聞いてました」

「そうですか。被害者は職業柄、裏社会や犯罪者たちに関する噂をよく耳にしてたんで、警察に情報を提供してたんですよ」

「そのことも、わたしは気づいてました」

「池内さんに悪事の情報を警察に流された奴らを捜査本部は洗ってみたんですが、殺人事件に関与してそうな人物は浮かび上がってこなかったんですよ」

「そうなんですか」

「この店に不審者が近づいてきたり、脅迫電話がかかってきたことは？」

「そういうことは一度もありませんでした」

「話を戻しますが、池内さんは柘植さんに妻との離婚を迫ったりしてなかったんでしょうか」

「美由紀さんは柘植さんの奥さんに後ろめたさを感じてると言ってましたから、自分が後妻になりたいなんて考えてなかったと思います。娘さんにも済まながってたんです。美由紀さんは何度も柘植さんと離れなければと思ったと言ってました。でも、死ぬほど好きな男性《ひと》とは別れることができなかったんでしょうね」

「だろうな。柘植さんのほうは、どうだったんですかね。独身ではないわけですから、不倫のことが妻にバレることを恐れる気持ちはあったと思うんです」

「美由紀さんの話では、柘植さんは離婚する気はあったようですよ。でも、美由紀さんに強く反対されたんで……」

「その通りなら、池内さんが柘植さんに妻との離婚を迫ってたなんてことはなさそうですね」

「ええ、そういうことはなかったと思います」

「でしょうね。池内さんを一方的に慕ってたストーカーみたいな男はいなかったんだろうか」

「美由紀さんはいろんな男性に好《す》かれてましたが、ストーカーじみた奴にまとわりつかれてるという話は聞いたことありませんでしたね。ほかの刑事さんが中野坂上の自宅マンションの周辺で聞き込みをされたと思うんですが、美由紀さんは誰かに尾《つ》けられてたんですか？」

「そういう事実はなかったんですが、最近、ストーカーによる殺人事件が何件か発生してるんで、念のために訊いたんですよ」

「ああ、そういうことなんですか。もしかしたら……」

樹里が壁の一点を見つめた。

「何か思い当たったようですね」

「ええ、ちょっと。美由紀さんは去年十一月中旬、知り合いの男性が急に行方がわからなくなったと言って、あちこちから情報を集めてたんですよ。別に聞き耳を立ててたわけじゃないんですけど、失踪したのは麻薬取締官みたいでした」

「行方がわからなくなったのは、能勢昇太という名ではありませんでした？」

刈谷は早口で問いかけ、堀刑事と顔を見合わせた。

「名前まではわかりませんけど、美由紀さんは消息不明中の男性を信頼してるようでしたね。それで、よく会ってたみたいですよ」

「多分、池内さんは失踪中の男に麻薬に関する情報を流してたんでしょう。実は彼女の妹が若い組員に覚醒剤漬けにされて、不幸な亡くなり方をしたんです。で、麻薬ビジネスで甘い汁を吸ってる連中を憎んでたんですよ」

「そのことは知ってます。だから、絶対に麻薬には手を出すなとわたしたちに常々……」

「そうですか。去年の十一月から行方がわからなくなってるのは、関東信越厚生局麻薬取締部捜査一課に所属してる能勢昇太にちがいない」

「そうなんでしょうか」

「ほぼ間違いないでしょう。池内さんは知り合いの麻薬取締官がドラッグ密売組織に拉致されたと推測し、なんとか犯人を突きとめようとしたんじゃないだろうか」

「そうだとしたら、美由紀さんを殺したのはやくざか不良外国人なんでしょうね。イラン人が薬物のドラッグをやってるみたいですけど、新宿ではあまり見かけません。アフリカ出身の不良黒人が各種のドラッグを密売してるようですけどね」

「そういう奴らが疑わしいが、まだ何とも言えません。ただ、池内さんの口を封じた加害者が行方のわからなくなった麻薬取締官を拉致したと考えられます」

「そうなのかもしれませんね。麻薬取締官の方はどこかに監禁されてるのかしら？　それとも、すでに殺されてしまったんでしょうか」

「消息を絶《た》って一カ月半以上も経《た》ってることを考えると、もう始末されてるのかもしれません」

「まだ遺体は発見されてないようだから、殺されて山の奥に埋められてたんですかね。あるいはドラム缶にコンクリート詰めにされて、海の底に沈められたのかな」

「そのどっちかなんでしょう。参考になる話を聞かせてもらって、ありがとうございました」

「いいえ。一日も早く美由紀さんを成仏させてあげてください。お願いします」

樹里が深く頭を下げた。

刈谷はうなずき、ソファから立ち上がった。堀も腰を浮かせた。二人はネイルサロンを出て、エレベーターで一階に下《くだ》った。

「被害者の彼氏だった柘植克博はシロと考えてもいいんじゃないっすか？」

雑居ビルの前で、堀が言った。

「西浦・入江コンビが柘植に怪しさを感じなかったら、もう被害者の彼氏は捜査対象から外してもいいだろう」

「ええ、そうですね。池内美由紀が十一月中旬に拉致されたと考えられる麻薬取締官《マトリ》の能勢昇太の行方を追ってたとしたら、麻薬ビジネスで荒稼ぎしてる連中の誰かが本部事件の犯人《ホシ》なんだと思うっすよ」

「その疑いは濃いな。池内美由紀を殺《や》った奴は、おそらく能勢昇太を拉致して間もなく始末したんだろう」

「ええ、多分ね」

「堀、歌舞伎町には約百八十の組事務所があるんだよな？」

「自分が組対課にいたころに百八十を超《こ》えてましたから、第二・三次の下部組織《エダ》に四次と五次の組を加えたら、とうに二百はオーバーしてるんじゃないっすか」

「だろうな。ごく一部の博徒系の組以外は、どこも麻薬《クスリ》の密売をしてるんだろ？」

「そうっすね。麻薬ビジネスは表向き御法度《ごはっと》になってますが、どの組もドラッグをシノギにしてます。覚醒剤の末端価格が一グラム七万円にまで下がってますが、混ぜ物をして小袋《パケ》にすれば、ものすごく儲《もう》かるはずです」

「だろうな。能勢は大量に売り捌《さば》いてた組を内偵してたんじゃないだろうか」

「ええ、そうでしょうね。昔から覚醒剤を多く密売してたのは、関東共和会の二次と三次の組っす」

「そうか」

　刈谷は短い返事をした。関東共和会は首都圏で最大の暴力団である。構成員数は一万人近い。

「昔と違って、いまは覚醒剤の密輸元がメキシコ、南アフリカなど二十三の国に及んでるんで品物《ブツ》がだぶつきはじめてるんです。二〇〇九年まで末端価格は一グラム九万円を長いことキープしてたんすけど、翌年に八万円に下がって、最近は七万円台になってるんすよ」

「そうか」

「それでも、仕入れ値の十倍前後で売れる覚醒剤《シャブ》は薬物の王様です。最近はオランダ産の錠剤型覚醒剤の人気が高いんすよ。タイやミャンマーで密造されてるヤーバーは混ぜ物が多いんです。安く手に入る錠剤っすけどね」

「錠剤型の覚醒剤は抵抗感が少ないんだろう。注射だこはできないわけだし、溶かしたり炙《あぶ》ったりする手間が省《はぶ》ける」

「そうですね。〇・〇三グラムのパケに入れられた白い粉末はうっかりすると、風や鼻息で飛んだりしちゃうんすよ」

「そうなったら、回収するのが難しいな」

「ええ、そうなんです。だから、今後は錠剤型覚醒剤が流行《はや》ると思うっすよ」

「そうだろうな。ほとんどの組が麻薬ビジネスに励んでるわけだから、聞き込みで能勢がどの暴力団をマークしてたか探り出すのは時間がかかるな。堀、中目黒にある関東信越厚生局麻薬取締部に行ってみよう」

「能勢の上司か同僚に会えば、失踪したままの麻薬Gメンがどの組を内偵中だったか、たやすくわかりそうですね」

「と思うよ」

「主任、すぐ行かなきゃまずいですかね。おれ、朝飯を喰ってないんで、腹ペコなんですよ。左側の四、五軒先にラーメン屋がありますよね。腹ごしらえをさせてくれないっすか？」

「朝っぱらから、ラーメンを啜《すす》りたくなったのか」

「いいえ、大盛りの炒飯《チャーハン》を頼むつもりっす。できれば、餃子《ギョーザ》も喰いたいですけどね。けど、ニンニクがたっぷり入ってたら、ちょっとまずいでしょ？」

「餃子は次にしとけ。この先にある『来々軒《らいらいけん》』だな。先に店に入って、自分の分だけオーダーしろ。おれは私用の電話をかけてから、店に行くよ」

「了解っす」

堀が急ぎ足で『来々軒』に向かった。よほど空腹なのだろう。

刈谷は道端に寄って、私物のスマートフォンを取り出した。諏訪茜のスマートフォンを鳴らす。

スリーコールで、通話可能状態になった。

「五、六分喋ってても、平気か？」

「ええ、大丈夫よ。亮平さん、ご家族のどなたかが病気で倒れられたの？」

「そうじゃないんだ。去年の十一月中旬の夜に二人組に車で連れ去られた男の見当がついたんだよ」

「誰だったの？」

「能勢昇太という麻薬取締官だと思う」

「拉致された彼は、麻薬密売人をマークしてたのかしら？」

「多分、そうだったんだろう。資料室は割に暇なんで、おれ、ちょっと失踪事件のことを調べてみようと思ってるんだ。もちろん、こっそりとな」

「そんなことをしても、問題ないの？　無断で非公式捜査なんかしたら、次は交通課に飛ばされるんじゃない？」

「以前は強行犯係だったんだ。茜が拉致事件の目撃者で、犯人の二人組に何かされるかもしれないという不安を拭《ぬぐ》えないでいると知ったら、じっとしていられなくなったんだよ」

「そう思ってくれるのはありがたいけど、なんだか心配だな」

「うまくやるよ。それはそうと、茜にちょっと頼みがあるんだ。新宿署《うち》の刑事課長をやってる持丸勇作という警部を何日か尾行して、私生活の乱れがあるかどうか調べてほしいんだよ」

「わたしに探偵の真似をしろって言うのね？」

茜が確かめる口調で言った。

「ま、そういうことだな。持丸はおれを毛嫌いしてて、署から追い出したがってるみたいなんだ。捜査資料室は窓際部署だが、案外、居心地はいいんだよ。刑事課の強行犯係にはしばらく復帰できないだろうから、もう少し資料室に籍を置いときたいんだ」

「そう」

「持丸課長に何か弱みがあれば、こっちはそれを切札にできる。課長がおれの追放を企《たくら》んでたとしても、対抗できるってわけさ」

「亮平さんの言いたいことはわかるわ。でも、相手は刑事さんよ。わたしの尾行なんか、すぐに勘づくと思うの」

「職務のときは刑事は神経を張り詰めてるもんだが、ふだんは勤め人たちと変わらないんだ。隙《すき》だらけと言ってもいいな」

「そうなの」

「茜が協力してくれるんだったら、夜にでも持丸の個人情報をメールで送信するよ」

「どこまで力になれるかわからないけど、亮平さんに協力するわ」

「サンキュー！　持丸に浮気相手がいたら、その証拠写真も撮っといてくれないか。刑事課長の顔も携帯のカメラで盗み撮りして、メールで送ろう。署を出る時間帯も教えるから、待ち伏せして尾行してくれないか」

「ええ、わかったわ」

「無理を言って悪い！　そのうち何かで埋め合わせをするよ」

刈谷は電話を切った。恋人の手を借りて持丸刑事課長の弱みを探ることに罪悪感を覚えていたが、自分自身が動く時間的な余裕はなかった。また、別の誰かに頼めるような事柄でもなかった。茜に甘えるほかない。

刈谷はスマートフォンを懐に戻し、『来々軒』に向かった。

すぐに店に着いた。中途半端な時刻だからか、客は堀ひとりだった。巨漢の刑事は奥のテーブルで、注文した物が届くのを待っていた。

刈谷は部下と同じテーブルにつき、茶を運んできた四十年配の女性従業員に中華丼を注文した。それから間もなく、堀の前に大盛り炒飯が置かれた。

「おれに遠慮しないで、先に喰えよ」

刈谷は言った。堀は少しだけためらったが、炒飯を豪快に掻《か》き込みはじめた。あらかた堀の皿が空になりかけたとき、中華丼が運ばれてきた。

刈谷は堀に釣られた形で、ダイナミックに食べはじめた。平らげた直後、入江奈穂から電話があった。

刈谷はテーブルから離れ、店の外に出た。

「柘植克博には会えたのか？」

「ええ。被害者の不倫相手はシロだと思います。西浦さんも、そういう心証を得たそうです」

「そうか。おれたち二人もネイルサロンに行って、柘植はシロだと感じたんだ。これから、おれたちは中目黒に向かう」

「主任、どういうことなんです？」

奈穂が訊いた。刈谷はスマートフォンを握り直し、経過を伝えはじめた。

2

中目黒二丁目に入った。

関東信越厚生局麻薬取締部事務所は目黒川沿いにあった。意外にも、建物はそれほど大きくない。

刈谷は、スカイラインの助手席で腕時計に目をやった。まだ午後一時前だった。

「堀、川っぷちに車を停めてくれ。昼飯時が過ぎるまで待機だ」

「了解しました」

堀が覆面パトカーを目黒川の畔《ほとり》に寄せる。

刈谷はシートベルトを外し、セブンスターをくわえた。

「厚労省というか、国は本気で麻薬《クスリ》を撲滅する気があるんすかね。全国に麻薬取締部事務所は八つしかありません。支所が幾つかあって、横浜、神戸、北九州なんかに分室が設けられてますけどね。関東信越厚生局麻薬取締部のスタッフは二百四、五十人しかいないはずです」

「少ないな」

「ええ。日本と韓国は覚醒剤にハマった奴らが世界で突出して多いんですよ。麻薬取締官《マトリ》の数を十倍に増やしても、足りないいんじゃないっすか」

「そうだろうな。本庁組対五課とも各所轄の組対課や生安《せいあん》課がドラッグの密売を摘発してるが、それではカバーできないにちがいない」

「全然、人が足りないですよ。麻薬取締官《マトリ》たちは司法警察手帳を持ち、拳銃の携行も認められてますけど、手入れのとき以外は持ち歩いてない。それじゃ、売人たちになめられるっすよ」

堀が言った。

「そうだな。警察の暴力団係刑事《マルボウ》並に権限を持たせないと、いつまでも麻薬取締官たちは補佐役に甘んじなきゃならない。麻薬取締部も留置場を設置すべきだろうな」

「そう思います。でも、法を改正しないと、それは無理っすよね？」

「ああ、そうだな。警察と厚労省の麻薬取締部がタッグを組んで麻薬ビジネスで甘い汁を吸ってる連中を片っ端から取っ捕まえなきゃ、薬物の犠牲者はいなくならないだろう」

「そうですね。麻薬取締官《マトリ》たちはドラッグの密売人たちを捜査一課事務所で留置もできないんですから、職務に虚《むな》しさを感じてるんじゃないっすか。麻薬を根絶やしにすることは絶望的だとわかってますんでね」

「だからといって、摘発の手を緩《ゆる》めたら、状況はもっとひどくなる。能勢昇太のような硬骨漢がもっともっと増えないと、歯止めはかけられないんだが……」

　刈谷は溜息をついて、喫《す》いさしの煙草を灰皿に突っ込んだ。それから間もなく、本多署長から刈谷に電話があった。

「また、きみたちのチームに動いてもらうことになったんだが、ひとつよろしく頼むよ」

「ベストを尽くします」

「まだ動きはじめたばかりだから、さして進展はないんだろうね？」

「捜査本部が一期で洗ってた元ＡＶ監督の吉松泰明、故買屋の小坂厳夫、被害者の交際相手の栢植克博の三人はやはりシロのようでした」

「そうか」

「まだ裏付《ウラ》けは取ってないんですが、捜査本部事件と去年十一月中旬に管内で発生した拉致事件はリンクしてるようですね」

刈谷は、二人組に連れ去られたのが麻薬取締官の能勢である可能性が高いことを話した。

「きみは、殺害された池内美由紀の情報で能勢という麻薬取締官が内偵を開始したと筋を読んだんだな?」

「そうです。で、能勢の上司や同僚に会う気になったんですよ。これから堀と一緒に麻薬取締部事務所を訪ねる予定です」

「能勢昇太が内偵してた対象者《マルタイ》は造作なくわかるだろう。どの密売グループか判明したら、チームで徹底的に洗ってくれないか。そうすれば、本部事件の加害者を割り出せるだろう。能勢を拉致した二人組は、その犯人と繋《つな》がってるにちがいない」

「そう推測したんですが、まだわかりません」

「何か手がかりを得られたら、そのつど新津隊長に報告を上げてくれないか。必要に応じて、日垣君に動いてもらうから」

署長が通話を切り上げた。刈谷は刑事用携帯電話《ポリスモード》を懐に戻し、部下に電話の遣り取りをかいつまんで喋った。

「署長の期待通りに早く事件を落着させられると、いいですね。おれは一面識もないっすけど、能勢の上司の捜査一課長は香田和隆《こうだかずたか》のはずです」

「いくつなんだ?」

「四十七歳だそうです。課長は終日、自席についてると思いますよ」

「だろうな。行くか」

「はい」

堀がイグニッションキーを抜く。

刈谷は先に車を降りた。すぐに堀もスカイラインから出てきた。

二人は目的の建物に足を向け、受付に歩み寄った。刈谷は警察手帳を男性職員に呈示《ていじ》し、来意を告げた。二十七、八歳の職員は、すぐに内線電話をかけた。遣り取りは短かった。

「香田はすぐに参ります。あちらでお掛けになって、お待ちください」

男性職員がロビーの左手に置かれたソファセットを手で示した。刈谷は職員に礼を述べ、堀とロビーの奥まで歩いた。並んで椅子に腰かける。

数分待つと、香田課長が姿を見せた。商社マン風で、紺系のスリーピースで身を包んでいた。長身だ。

三人は自己紹介し合ってから、椅子に腰を下ろした。

「早速ですが、部下の能勢さんは去年十一月中旬の夜から、消息不明なんですよね？」

刈谷は訊いた。

「ええ、そうです。おそらく能勢はその晩、新宿の職安通りで何者かに拉致されたんでしょう。一緒に内偵捜査に当たってた同輩が近くのコンビニに缶コーヒーを買いに行ってる間に、張り込んでた場所から消えたというんですよ。責任感の強い男が職務を放棄《ほうき》したとは考えられません。能勢は、関東共和会郷原《ごうはら》組の幹部宅を張ってたんです」

「郷原組は、関東共和会の二次組織っすね。構成員は六百人前後だったな」

堀刑事が話に割り込んだ。

「お精《くわ》しいな」

「以前、新宿署の組対課にいたんすよ。いまは刈谷警部と一緒に捜査本部の非公式支援捜査員をやってますけどね」

「ああ、それで見えられたわけか」

香田は、堀の言葉を鵜呑《うの》みにしたようだ。刈谷たちは新宿署の署員であることは明らかにしたが、所属セクションには触れなかった。

「職安通りに面したマンションにでも、郷原組の幹部が住んでたんすか？」

「ええ、まあ」

「そもそも郷原組が、どうして内偵の対象になったんです？」

「去年の春先から、郷原組は麻薬の保管場所や取引場所をちょくちょく変えるようになったんですよ。事前に手入れの情報を摑んでる疑いが出てきたわけですよ」

「内部に郷原組と通じてる者がいるんじゃないですか？　警察でも、そういう裏切り者は昔からいたようっすよ」

「当方《うち》も、かつてはそうした不心得者がいました。警察官も同じでしょうが、危険を伴う仕事をしている割に麻薬取締官の俸給は安い。喰うに困るようなことはありませんが、贅《ぜい》沢《たく》な生活はできません」

「われわれも同じですよ」

刈谷は、堀よりも先に喋った。

「過去には組関係者に〝お車代〟をポケットに捩込まれて、手入れの情報を流していた職員が何人かいました。もちろん、そうした輩《やから》は懲戒免職になりましたがね」

「当然、そうなるでしょう」

「しかし、わたしが課長になってからは情報を外部に漏《も》らす者はひとりもいませんでした。そう信じてきましたが、職員の中に内通者がいたんでしょうね。内偵情報が郷原組に筒抜けになってて、いつも摘発は空振りに終わってたんです」

「そう見るべきだと思います」

「そこで、わたしは部下の能勢と結城航《ゆうきわたる》に内通者を捜せと指示したんですよ。能勢たち二人は、郷原組の幹部たち全員に張りついてみたんですが……」

「あなたの部下を抱き込んだ幹部は特定できなかったんですね？」

「ええ、そうです。わたしは必ず職員に鼻薬をきかせた幹部がいると確信してましたんで、能勢と結城の二人に引きつづき裏切り者を見つけるようにと言ったわけです」

「能勢さんが姿を消した晩、張り込んでたのは？」

「郷原組の舎弟頭補佐を務めてる友利尚之《ともりなおゆき》です。三十七歳で、組の麻薬ビジネスを仕切ってる武闘派やくざです」

「そうですか」

「香田さんは、郷原組の組員が能勢さんを拉致したと推測されてるんですね？」

「そうなんではないかと考えてます。友利は、麻薬取締官をあまり恐れてないんですよ。若い者《もん》たちに能勢を拉致させて、その夜のうちに口を封じたんでしょう。遺体は発見されてませんけど、もう能勢はこの世にいない気がしてます」

　香田がうつむき、目頭を押さえた。刈谷は口を結び、しばらく黙っていた。堀も口を閉じたままだ。

「すみません。能勢の無念を思うと、不憫《ふびん》で……」

「能勢さんは、頼りになる部下だったんですね？」

「ええ、わたしの片腕でした。過去形で言ったのは、よくないですね。まだ能勢の死が確認されたわけではありませんから。しかし、行方がわからなくなって、一カ月半が過ぎました。認めたくはありませんが、もう彼はこの世にはいないでしょう。こんなことになるんだったら、能勢に内通者捜しなんかさせなければよかったな」

　ふたたび香田が下を向いた。涙ぐんでいるようだった。

　刈谷は、堀と顔を見合わせた。堀は貰い泣きしそうな顔つきだった。巨漢刑事は涙脆《もろ》かった。外見とは裏腹に根は心優しいのだろう。

「何度もお見苦しいとこをお見せして、ごめんなさい。わたし、能勢が姿をくらました翌日に新宿署の刑事課を訪ねたんですよ。持丸という課長の話では拉致の目撃情報が寄せられてないんで、本格的な捜査はできないと言われてしまいました。それで、わたしは職務をこなしてから、よく歌舞伎町に足を運んだんです」

「そうですか。で、何か手がかりは得られました？」

「いいえ」

香田が首を振った。

「能勢さんのご家族は捜索願を出されたんですか？」

「ええ、お母さんが息子の住んでたマンションの所轄の玉川署に出したんです。しかし、すぐには動いてくれませんでしたよ。暮れになって玉川署は新宿署と協力し合って動きだしたんですが、いまも安否は未確認なんです」

「香田さんは、能勢さんの口から池内美由紀という名を聞いた覚えはありませんか？」

刈谷は訊《たず》ねた。

「ありません、一度も。その女性はどういう方なんです？」

「元ショーダンサーで、歌舞伎町でネイルサロンを経営してました。しかし、去年十二月五日に惨殺体で発見されたんですよ。何者かに扼殺されて、両耳と唇を削ぎ落とされてたんです」

「その残忍な事件はマスコミで派手に報じられたんで、記憶に残ってます」

「被害者はショーダンサー時代から、犯罪者たちの動きを警察関係者に教えてくれたんですよ。情報屋でもあった池内美由紀は妹が覚醒剤漬けになったことで、麻薬密売に関わってる連中を強く憎んでたんです。そんなことで、能勢さんに薬物に関する情報を流してたようなんですよ」

「本当ですか⁉　それは、まったく知りませんでした。なぜ、能勢は情報提供者のことを教えなかったんですかね。わたしだけではなく、同僚たちの誰にも話してないはずですよ」

「池内美由紀は色っぽい女性でしたんで、能勢さんは上司のあなたや同輩たちに誤解されることを恐れて、彼女のことは黙ってたんじゃないのかな。多分、そうなんでしょう」

「そうなんですかね。能勢の失踪と女情報屋の死は結びついてるんですか？」

「こっちは、そう筋を読んでるんですよ。池内美由紀は能勢さんが麻薬密売に関わってる人間に連れ去られたと睨み、怪しいと感じた連中を調べ回ってたと考えられます」

「元ショーダンサーは能勢を拉致した犯人を突きとめたんで、永久に口を塞《ふさ》がれることになったんだろうか。そういうストーリーは組み立てられますでしょ？」

「そうですね」

「となると、最も怪しいのは関東共和会郷原組だな。次に疑わしいのは、郷原組に内偵情報を流してた内部の裏切り者ですね」

「ええ。香田さんは、能勢さんが使ってたデスクやロッカーを検《しら》べてみました？」

「彼のお母さんに立ち会ってもらって、どちらも隅々まで検《あらた》めてみましたよ。それから、自宅マンションのパソコンやデジタルカメラをチェックさせてもらいました」

「その結果は、どうでした？」

「失踪の謎を解く物は何もなかったんです」

「そうですか。能勢さんと一緒に友利尚之の自宅を張り込んでたという結城航さんのことをもう少し詳しく教えてくれますか」

「ええ、いいですよ。結城は三十三歳で、能勢とはペアでよく動いてました。能勢ほどではありませんが、熱血漢ですね。保守系の国会議員の息子を大麻樹脂所持容疑で検挙したとき、厚労省高官に事件化するなという圧力がかかったんですが、結城は目をつぶろうとはしませんでした。わたしも同じ気持ちだったんで、上司の麻薬取締部の部長と一緒に圧力を撥《は》ねつけましたよ」

香田は誇らしげに言った。

「あなたは立派です。尊敬に値しますよ」

「いや、それほどでもありません」

「話の腰を折るようですけど、結城さんからも話を聞かせてもらいたいんですよ」

堀が会話に加わった。

「あいにく結城、きょうは休暇を取ってるんです。出かけてなければ、自由が丘の自宅マンションにいると思いますがね。まだ独身なんだから、家賃の安い公務員住宅で暮らせばいいのに、三十歳になる前に民間マンションに引っ越したんです。えーと、住所は目黒区自由が丘二丁目二十×番地、『自由が丘エルコート』の三〇一号室です。三階建ての低層マンションの最上階に住んでます」

「そうですか。結城さんは、能勢さんが張り込み中に消えてしまったことをどんなふうに……」

「コンビニに缶コーヒーを買いに行かなければよかったと結城は悔やんでました。自分が張り込み場所に留《とど》まってたら、能勢が行方不明になることはなかったと考えると、夜も眠れなくなると言ってました」

「そうっすか」

話が中断した。刈谷は少し間《ま》を取ってから、香田に話しかけた。

「こんなことを訊くのは失礼ですが、あなたの部下で疑わしい者はいませんか。ひょっとしたら、郷原組に手入れの情報を流してたかもしれないと思われる人物がいたら、そっと教えてほしいんですよ。香田さんに決して迷惑はかけません」

「わたしの部下に裏切り者はいないと信じたいですが、ちょっと疑わしい元職員がいることはいます」

「その方の名前は?」

「柊《ひいらぎ》 展人《のぶと》という名で、ちょうど四十歳です。その元部下は去年の十月に依願退職して、別の生き方をすると職場を去ったんですよ」

「何かミスをしたんですか?」

「いいえ、仕事でしくじったことはありません。しかし、仕事に対する意欲は二年近く前から失ってたんですよ。どんなに熱心に麻薬に溺《おぼ》れた者を更生させようと奮闘しても、ほとんどの者が薬物の魔力に克《か》てません。ドラッグの密売人たちの数も減るどころか、逆に増加傾向にあります。柊は自分の努力が報われる日は永久に訪れないと徒労感に包まれてしまったのか、だんだん覇気《はき》が感じられなくなったんです」

「確かに、麻薬の撲滅は幻かもしれませんからね。やる気をなくす気持ちも理解できるな」

「柊は投げ遣《や》りになったからか、やくざたちと飲み喰いするようになったんです。わたしには、情報集めだと弁解してましたがね」

「その彼は、郷原組の連中とも飲み歩くようになったんですか?」

「ええ。柊はまだ再就職先を決めてないようですが、そのうち郷原組の息のかかった飲食店か重機リース会社で働くつもりなのかもしれないですね」

「そうだとしたら、郷原組に手入れの情報を流してたのは……」

「柊だったんだろうか。そこまで堕落したとは思えませんが、全面的に否定もできないんですよ。柊は酒とギャンブル好きで、金遣いが荒いんです。大金をちらつかされたら、暴力団に抱き込まれかねませんでしょ？」

「柊さんの自宅は、どこにあるんですか？」

「奥沢《おくさわ》四丁目にあるマンションに、いまも住んでると思います。正確な住所とマンション名は、自分の席に戻らないとわかりません。少し待っていただければ、住所録を取ってきますよ」

「ええ、待ちます。ついでに能勢さんの顔写真をお借りできますか」

「わかりました。すぐに戻ります」

香田が立ち上がり、階段の昇降口に走った。

刈谷は椅子の背凭《せもた》れに上体を預けた。

3

最上階に達した。

『自由が丘エルコート』の三階だ。刈谷は三〇一号室の前で立ち止まり、ドアフォンを鳴らした。

ややあって、スピーカーから男の若々しい声が流れてきた。

「どなたでしょう?」

「新宿署の者です。結城航さんでしょうか?」

「はい、そうです」

「刈谷という者です。去年の十一月から行方がわからなくなった能勢昇太さんのことを調べてるんですよ」

「いま、ドアを開けます」

スピーカーが沈黙した。

待つほどもなく、象牙《ぞうげ》色のドアが開けられた。現われた結城はマスクが整っていた。上背もある。軽装だった。

「連れは堀と言います」

刈谷は言って、警察手帳の表紙だけを短く見せた。

「寒いでしょうから、どうぞ中に入ってください」

「お邪魔します」

「狭くて窮屈でしょうけど……」

結城が玄関マットの上まで退《さ》がった。

刈谷は先に入室した。三和土《たたき》は狭かった。男二人が並んでは立てない。堀は、刈谷の斜め裏に控える恰好《かっこう》になった。

間取りは1DKだった。ダイニングキッチンは三畳の広さもない。奥の居室《きょしつ》のベッドが見える。

「もっと広い部屋なら、上がっていただけるんですが……」

結城が申し訳なさそうに言って、右手を頭にやった。

右手首には、宝飾腕時計が光っている。オーディマ・ピゲだ。成金《なりきん》や暴力団幹部が好む高級腕時計である。

「結城さんは坊ちゃん育ちなんだろうな」

「え？」

「超高級腕時計を嵌《は》めてるね」

刈谷は言った。結城がオーディマ・ピゲを綿ネルの長袖《ながそで》シャツの奥に押し込んだ。

「これ、偽ブランド品なんですよ。休日に遊びで嵌めてるだけです。ラーメン屋やスーパーの店員に見せびらかして、悦《えつ》に入《い》ってるんですよ」

「偽物だったのか」

「安い俸給じゃ、スイス製の腕時計なんか買えませんよ。そんなことより、能勢さんの消息がわかったんですか？」

「いや、何も手がかりは得られてないんだ。それだから、問題の夜、能勢さんと一緒に張り込んでた結城さんから話を聞く気になったわけですよ。ここに来る前に香田課長に会ってきました」

「そうですか。自分が張り込み場所を動かなければ、能勢さんは拉致されることはなかったと思います」

「拉致されたと言ったね。何か根拠でもあるの？」

「あの晩、能勢さんと自分は関東共和会郷原組の舎弟頭補佐の家《ヤサ》を張ってたんですよ」

「その話は香田さんから聞いてます。二人で友利尚之に張りついてたそうだね？」

「そうなんです。去年の春ごろから内偵や手入れの情報が郷原組に漏《も》れてたんで、うちの課の誰かが内通者にちがいないと香田課長は睨んでたんです。それで、能勢さんと自分が友利と接触する同僚を特定する気だったんですよ。課長は、去年の十月に依願退職した柊先輩を怪しんでるようでしたね」

「能勢さんも、柊展人さんを怪しんでたのかな？」

「いいえ、能勢さんは柊さんが内通者とは思えないと言ってました。裏切り者に見当はつかなかったようですが、麻薬密売を取り仕切ってる友利と内通者は接触すると読んでたんです。だから、自分ら二人は十日近く友利の自宅マンションに張りついてたんですよ」

「しかし、友利と接触する同僚の取締官はいなかった」

「そうなんです。張り込んで八日目の夜だったと思いますが、友利がベランダに出てきて職安通りを見下ろしたんですよ。内通者が電話で張り込まれてることを教えたんでしょうね。だから、友利は急に居間からベランダに出て……」

「眼下を眺めて、能勢さんとそっちに張り込まれてることに気づいた？」

「そうなんだと思います」

「だとしたら、なんで能勢さんだけ拉致されたのかな。きみも一緒に連れ去られなかったのは、なぜなのか。そういう素朴な疑問が残るね」

「自分は、まだベテランの麻薬取締官とは言えません。ちょっとビビらせれば、どうってことはない。おそらく友利は、そう考えたんでしょうね」

「そうなんだろうか」

「ですけど、能勢さんは脅迫に屈するような男じゃありません。内通者捜しを諦《あきら》めることはないと友利は判断して、能勢さんだけを組の者に連れ去らせたんでしょう。自分、能勢さんに断ってからコンビニに缶コーヒーを買いに行ったんですけど、行くべきじゃなかったな。行かなければ、能勢さんは拉致されなかったと思うんですよ」

「そうだったのかもしれないが、そっちが自分をあまり責めることはないさ」

刈谷は結城を慰めた。

「自分に責任はありますよ。寒さで手がかじかんできたんで何か熱いものを飲みたいと思ったのは、明らかに気の緩《ゆる》みです。能勢さんは後輩に優しいんで、コンビニに行くなとは言えなかったんでしょう。自分がもっと気を張って職務を全《まっと》うしてれば、こんなことにはならなかったはずです。自分、能勢さんにはいろいろ教えてもらったんですよ。いわば、恩人でした」

「そっちが悪いわけじゃないよ。能勢さんが運が悪かったのさ」

「もう能勢さんは生きてないかもしれません。郷原組に殺されてしまったと思うと、申し訳なくて……」

結城が声を詰まらせ、うなだれた。

沈黙が横たわった。少し経ってから、堀刑事が静寂を破った。

「香田課長は、酒とギャンブル好きだという柊さんが郷原組に抱き込まれた疑いがあるような口ぶりだったけど、きみはどう思ってるんだい？」

「大先輩だった柊さんを疑いたくはありませんけど、怪しい点はありましたね。柊さんは親分肌だから、後輩たちに気前よく奢《おご》ってくれてたんです。収入の半分ぐらいは酒代に消えてたんじゃないのかな。賭《か》け事も大好きでした。競馬、競輪、オートレース、競艇となんでもやってましたね」

「博才はどうだったの？」

「少しはあると思います。万馬券で懐が温かくなったときは、同僚に大盤振る舞いをしてましたんで。でも、大きく負け込むことも少なくなかったと思います」

「そうだろうね。酒とギャンブルが好きなら、金に困ったりもしてたんだろうな」

「柊さんは職場で金銭的に余裕がないとぼやいたことはありませんでした」

「まだ独身なんだよね、柊さんは？」

「ええ、そうです」

「親が資産家なの？」

「いいえ。親父《おやじ》さんは元サラリーマンで、確か年金生活者ですよ。お兄さんも普通の勤め人のはずです」

「それなのに、柊さんは金に不自由してないようだったのか。そういうことを考えると、柊さんが内通者なのではないかと疑いたくなるな」

「ええ、まあ。だけど、柊さんを信じたいですね」

「柊さんは依願退職する前、同僚たちに何か洩らしてなかった？」

「売春と麻薬の密売は、永久になくならないと自嘲《じちょう》気味に呟《つぶや》いたことがありましたね。摘発しても摘発しても、麻薬常用者の数はいっこうに減ってません。自分も時々、虚しさに襲われますよ。だけど、野放しにしといたら、大変なことになりますでしょ？　だから、気を取り直して仕事に励んでるわけです」

「おれたちも、似たような気持ちになったりするよ」

「そうでしょうね。犯罪のない社会が理想ですけど、それを望むのは……」

結城が口を閉じ、首を左右に振った。

「香田課長の話によると、柊さんは暴力団組員とよく飲み喰いしてたらしいが、そっちはそういう場面を目にしたことがあるのかな？」

刈谷は、部屋の主に問いかけた。

「二、三回、そういうシーンを見かけました。どの相手とも親しそうでしたんで、ちょくちょく会ってたのかもしれませんね」

「そう。しかし、やくざ者とおおっぴらに会ってたんだから、単なる情報収集だったんじゃないだろうか。疚《やま》しさがあったら、人目のない場所で落ち合うと思うんだよ」

「こそこそと会って手入れの情報を流してたら、絶対に言い逃れはできませんよね？」

「ま、そうだな」

「柊さんは裏をかいて飲食店で組員たちと堂々と会って、そっとメモを手渡してたのかもしれませんよ。店内では、当たり障《さわ》りのない雑談だけをしてね」

「そうなんだろうか」

「だいぶ前に香田課長から聞いた話だと、過去の多くの内通者はそういうやり方で手入れの情報を流してたらしいんですよ。代理人にメモを届けさせたりもしてたようです」

「昔から使われてる手だな。ところで、柊さんは職場を去るときに自分の身の振り方に関して、後輩たちに何か言ってなかった？」

「柊さん、自分には『しばらく充電するつもりなんだ』と言っただけでした。何をする気でいるとは話してくれませんでしたけど、奥沢のマンションを引き払う気はないから、気が向いたら、遊びに来いと言ってくれました」

「そう。ここから、奥沢四丁目は近いな。香田課長に柊さんの自宅の住所を教えてもらったんだよ」

「そうですか。柊さんによろしくお伝えください」

「わかったよ。休みの日なのに、すまなかったね」

「いいえ、どういたしまして。もう能勢さんは生きてないかもしれませんが、それならば、一日も早く亡骸《なきがら》を見つけてやってください。どうかお願いします」

結城が深々と頭《こうべ》を垂れた。

刈谷は謝意を表し、堀とともに辞去した。二人は低層マンションの階段を一気に駆け降り、覆面パトカーに乗り込んだ。

堀がエンジンを始動させ、刈谷に顔を向けてきた。

「結城が嵌めてたオーディマ・ピゲ、コピー商品ですよね。新品なら、軽自動車が何台も買える値段っすから」

「偽ブランド品なんだろうか。結城はそう言ってたが、おれはコピー商品じゃないんではないかと感じたんだ」

「えっ⁉　安い俸給しか貰ってない若い麻薬取締官《マトリ》が本物《モノホン》のオーディマ・ピゲなんか買えないでしょ？」

「自分で買ったんじゃないだろう、正規品だとしたらな。やくざの幹部に好まれてる高級宝飾時計だよな、ダイヤをたくさんちりばめたオーディマ・ピゲはさ」

「そうっすね。主任は、結城がどこかの組の幹部にオーディマ・ピゲをプレゼントされたんではないかと疑ってるんですね？」

「考えられないか？」

「結城は、まだ若手です。抱き込むなら、もっとベテランの麻薬取締官《マトリ》に接近するんじゃないっすか。そのほうが多くの情報を得られるでしょうからね」

「そうなんだが、ベテランに鼻薬をかがせるのは難しいだろう。その点、若い奴は取り込みやすいじゃないか」

「そうですが、別に結城は金に困ってる様子じゃなかったすよ」

「そうだな。しかし、派手な暮らしはできない。そうした人間がいったん贅沢《ぜいたく》な思いをしたら、その味が忘れられなくなるんじゃないのか？」

「それは、そうでしょうね」

「大物やくざに高級クラブで接待され、気に入ったホステスをお持ち帰りできて、その上、万札の束を渡されたら、並の男はずっと甘い蜜を吸いつづけたいと願うようになっちまうんじゃないのか」

「主任は、郷原組の友利が内通者の結城に高価なオーディマ・ピゲを贈ったのではないかと……」

「あの腕時計が偽ブランド物じゃなかったら、そう疑ってもいいだろうと思うよ」

「だとしたら、結城は故意に張り込み場所を離れてコンビニに缶コーヒーを買いに行ったんすね？」

「そう疑えるな」

「主任、ちょっと待ってください。能勢と結城の二人が張り込んで七日も経ってから、失踪事件は発生してるんすよ」

「そうだな」

「結城が郷原組に内偵や手入れの情報をリークしてたんなら、友利は張り込まれた夜に手下に能勢を拉致させてもいいんじゃないっすか。なんで七日も後に、能勢を連れ去らせたんですかね？」

「堀が訝《いぶか》しく思うのはわかるよ。しかし、張り込んで間もなく能勢を手下に拉致させたら、結城が内通者かもしれないと麻薬取締部の面々に疑われる心配もある。それだから、友利尚之は意図的に八日目に能勢を拉致させたんじゃないか。それまで結城は、能勢と一緒に友利の自宅マンションを張ってた」

「まさか能勢の相棒が郷原組と通じてたとは、誰も考えないだろうってことっすね？」

「そうだ。おれの筋の読み方、間違ってると思うか？」

「正直なところ、おれにはわかりません。結城のオーディマ・ピゲが本物なら、郷原組にうまく抱き込まれたんでしょう。でも、まだ若い結城が暴力団の手先になってもいいと開き直った生き方はしない気もするっすね」

「そうか。結城よりも、おまえは柊展人のほうが内通者臭いと思ってるようだな」

刈谷は確かめた。堀が小さく顎を引いた。

その数秒後、刈谷の懐で刑事用携帯電話が着信音を発した。手早くポリスモードを取り出す。

電話をかけてきたのは、隊長の新津警視だった。

「さきほど西浦・入江班がアジトに戻ってきて待機してるんだが、どう指示すべきか迷ってるんだ。そちらの経過を細かく教えてくれないか」

「わかりました」

刈谷は経過をつぶさに伝えた。

「結城が本物のオーディマ・ピゲを嵌めてたんなら、暴力団と癒着《ゆちゃく》してるな」

「こっちは、そう睨んでるんです。西浦さんと入江に結城の自宅マンションの近くで張り込んでもらったほうがよさそうですね」

「二人に張り込ませよう。結城の家《ヤサ》は自由が丘二丁目にあるんだったな」

「ええ、そうです。結城は、『自由が丘エルコート』という三階建てのマンションの三〇一号室を借りてます。堀とおれは、奥沢四丁目にある柊の自宅に向かいます」

「わかった。結城に動きがあったら、西浦・入江班に刈谷君に報告するよう言っておく」

新津隊長が電話を切った。刈谷は必要なことを堀に話し、すぐにスカイラインを発進させるよう指示した。覆面パトカーが走りはじめた。

奥沢四丁目に達したのは十数分後だった。

目的のマンションは閑静な住宅街の一角にあった。八階建てだ。南欧風の造りだった。スペイン瓦《がわら》はブルーで、外壁は純白だ。

堀が車を『奥沢レジデンス』の際《きわ》に停めた。

刈谷たちはすぐに車を降り、石畳のアプローチを進んだ。外観は立派だが、意外にも玄関はオートロック・システムにはなっていなかった。管理人室もない。

刈谷たちはエントランスロビーに足を踏み入れ、エレベーターで六階に上がった。

堀が六〇五号室のドアフォンを響かせた。

しかし、応答はなかった。柊展人は留守なのだろうか。堀がふたたびドアフォンのボタンに手を伸ばしたとき、青いスチールのドアが押し開けられた。

姿を見せたのは柊自身だった。

刈谷たちは身分を明かし、能勢昇太の失踪事案に携わっていると偽った。柊は一瞬、不審そうな顔つきになったが、来訪者を自宅に請《しよう》じ入れた。間取りは1DKだった。

刈谷たちは居間のソファに横に並んで腰かけた。

柊は、刈谷の前に坐った。無精髭《ぶしょうひげ》のせいか、山男という印象だった。色も浅黒い。

「缶ビールがあるが、飲むかい？」

「どうかお気遣いなく」

刈谷は遠慮した。

「なら、何ももてなさないぜ」

「結構です。柊さんは去年の十月に依願退職されましたよね。転職する気になられたんですか？」

「別に何も考えずに退職したんだ。麻薬取締官《マトリ》の仕事が急に虚しく思えたんだよ。おれたちが体を張って摘発しても、薬物《クスリ》に溺れる男女は少しも減らない。更生を約束してくれた奴もフラッシュバックに負けて、また麻薬に手を出してしまう」

「マリファナやコカインなら、きっぱりとやめられるんでしょうが、覚醒剤《シャブ》の魔力に取り憑《つ》かれると、厄介なんでしょうね」

「そうなんだよ。覚醒剤《シャブ》には催淫作用があるから、始末が悪いんだ。錯覚なんだが、男はパートナーと一時間も交わってると感じたりする。女の場合は、何十回も切れ目なくエクスタシーに達したように感じてしまう」

「そうらしいですね」

「麻薬にハマってしまう人間は気の小さいのが多いんだよ。さまざまなストレスから逃《のが》れたいという弱い奴も少なくないな。それだから、薬物《クスリ》を断《た》てないんだ。ある意味では、かわいそうな連中さ」

「ええ、そうですね」

「麻薬に溺れてなければ、人生は何度でもやり直しができる。でも、薬物の魔力の虜《とりこ》になったら、もはや生きてる廃人だね。そういった連中を立ち直らせることは自分にはできない。おれは限界を感じたんで、衝動的に辞表を書いたんだよ」

「再就職先は決まったんすか？」

堀刑事が話に割り込んだ。

「何度かハローワークに通い、求人誌にも目を通したんだよ。しかし、これといった仕事は見つからなかったんだ。それで、のんびり構えることにしたんだよ。退職金を遣い切る前には仕事にありつかなきゃな」

「かなり余裕があるみたいっすね？」

「なんか含みのある言い方をしたが、おれに関する噂をどこかで聞いてきたようだな」

「ストレートに言っちゃうっすね。柊さんは在職中、組関係者とよく飲み喰いをされてたとか？」

「まあね。いわゆる情報集めってやつだよ。酔った弾みで、薬物《クスリ》に関することで口を滑らせる野郎もいるんだ」

「そうだったんすか。情報源《ネタモト》は教えられませんが、去年の春ごろから郷原組に内偵や手入れの情報がだだ漏れで空振りつづきだったそうですね？　去年の十一月中旬、能勢さんは結城さんと郷原組の舎弟頭補佐の友利尚之の自宅マンションを張り込み中に何者かに拉致されたようなんすよ」

「何が言いたいんだっ」

柊が堀を睨《ね》めつけた。

「あなたは郷原組の幹部とも飲み喰いしてたんじゃないっすか？　能勢さんたち二人は、組関係者に手入れの情報を流してた内通者を突きとめる目的で友利に張りついてたみたいなんすよ」

「おれを内通者と疑ってるのかっ。こっちは限界を感じて依願退職したが、疚《やま》しいことはしてない。職場の仲間たちを裏切る真似はしてないぜ。疑うのは勝手だが、やくざに抱き込まれるほど落ちぶれちゃいないよ」

「そうっすか」

話が途切れた。刈谷は柊に声をかけた。

「連れが神経を逆撫《さかな》でするような探り方をしましたが、どうか勘弁してやってください」

「別に腹なんか立てちゃいないよ。おれは後ろ暗いことをやってたんで、職場を去ったわけじゃないんだ。捜査一課の中に組関係者と通じてる奴がいることは感じてたよ。郷原組の手入れは空振りつづきだったからな」

「裏切り者に見当はついてるんでしょうか?」

「怪しいと思える者が二、三人いるが、その中に内通者がいるのかどうかはわからない。多分、いるんだと思うが、確証があるわけじゃない。だから、めったなことは言えないな」

「結城さんは金回りがいいみたいですね。さっき自宅マンションにお邪魔したとき、オーディマ・ピゲを手首に光らせてましたから」

「コピー商品なんだろう。結城は腕時計のマニアみたいだが、そんな高い宝飾時計は自分では買えっこないからな」

「やくざの幹部にプレゼントされたとは考えられませんかね」

「結城は、まだ三十三歳だよ。抱き込むなら、もっとベテランの麻薬取締官《マトリ》を狙うと思うよ。おれは駆け出しじゃなかった。だから、おたくの相棒はおれを怪しんだわけか。妙な時期に依願退職したんだから、疑われても仕方ないか」

　柊が微苦笑して、頭を掻《か》いた。

「能勢さんが郷原組の者に拉致されたんでしたら、もうおそらく……」

「片づけられたんだろうな。気骨のある奴だったのに、運のない奴だ」

「突然、押しかけてきて失礼しました。ご協力に感謝します。ありがとうございました」

　刈谷は柊に言い、部下の肩を叩いた。二人は、ほとんど同時に立ち上がった。

　六〇五号室を出て、エレベーターホールにたたずむ。

「主任、柊に少し張りついてみたほうがいいんじゃないっすか？」

　堀が提案した。

「柊が内通者かもしれないと疑ってるようだな」

「ええ、ちょっとね。柊は郷原組の連中と飲み喰いしてたことを認めたでしょ？　単なる情報集めだと言ってたっすけど、本当にそうだったのかな」

「ひょっとしたら、手入れの情報を暴力団に流してたのかもしれない？」

「まるで考えられないことじゃないと思うんですよ。柊はなんか余裕がありげでした。香田課長が言ったように、そのうち柊は郷原組の企業舎弟《フロント》にでも入るんじゃないっすかね。役員のポストが用意されてるのかもしれないっす」

「そうなんだろうか」

「結城の家には女性刑事たち二人が張りつくことになったんだから、おれたちは少し柊の動きを探ってみましょうよ」

「そうしないと、堀は気が済まないようだな。そうなんだろ？」

「ええ、まあ」

「いいだろう。そうするか」

刈谷はエレベーターの下降ボタンを押した。

4

陽《ひ》が大きく傾いた。

午後四時を過ぎたが、柊は外出することはなかった。来訪者もいない。

「主任、柊は警戒して動きださないんっすかね？」

堀が運転席で言った。スカイラインは『奥沢レジデンス』から数十メートル離れた路上に駐《と》めてあった。

「そうなのかな」

「多分、そうですよ。警戒してるんで、柊は部屋から出ないんでしょう。入江たちと合流するっすか？　おれは、もう少し張り込みを続行したい気持ちですけどね」

「そうしてもいいよ。ちょっと体の筋肉をほぐしたくなったな」

刈谷は助手席から出て、覆面パトカーから七、八メートル離れた。柔軟体操の真似をしてから、日垣警部に電話をかける。

署長直属の支援捜査員は、ツーコールで電話に出た。

「刈谷です。日垣さんにお願いがあるんですよ」

「何をやればいいの？」

「署長や新津隊長には内緒で、持丸刑事課長の顔写真をメール送信してもらいたいんです」

「なぜ、そのようなことを？」

「持丸課長が『潜行捜査隊』が存在してることを暴《あば》こうとしてるんですよ」

刈谷はそう前置きして、知人に持丸の弱みを探させる気になったことを打ち明けた。

「そういうことなら、わたしが持丸課長の私生活を洗ってもかまわないが……」

「署の人間が動くのは、まずいですね。信頼できる民間人に持丸の弱みを握ってもらいますよ」

「そうしたほうが切札を得られるかもしれないね。少ししたら、メールを送信できると思う」

日垣が通話を切り上げた。

刈谷は刑事用携帯電話《ポリスモード》を懐に仕舞《しま》い、セブンスターに火を点けた。一服し終えて間もなく、日垣警部からメールが送信されてきた。

持丸の自宅の住所、家族構成のほかに本人の顔写真も送られてきた。刈谷はメールをそのまま恋人の茜のスマートフォンに転送した。頃合を計って、女流写真家に電話をかける。

「メール、届いたわ」

「無理を言って悪いが、今夕から新宿署の近くで張り込んで、持丸課長を尾行してほしいんだ」

「うまく尾《つ》けられるかしら？」

「撒《ま》かれたら、数日置いて持丸を追尾《ついび》してほしいんだ」

「とにかく、やってみるわ」

「茜、去年の十一月中旬に車で連れ去られた被害者《マルガイ》がわかったよ。麻薬取締官《マトリ》の能勢昇太だった」

「拉致した二人組の正体もわかったの？」

「それはまだわかってないんだが、関東共和会郷原組の組員かもしれないな。失踪中の能勢は、暴力団に手入れの情報を流してる同僚を割り出そうとしてたようなんだ」

「そうなの」

「去年の十二月五日に扼殺された池内美由紀はネイルサロンを経営してたんだが、刑事や麻薬取締官の協力者でもあったんだよ。わかりやすく言うと、情報屋だな。その彼女は、能勢に麻薬取引に関する情報を教えてたんだが、拉致事件を独自に調べてたらしいんだ」

「そうなら、拉致犯の二人組が女性情報屋を殺害したんじゃない？」

　茜が言った。

「そうなのかもしれないな。そう遠くないうちに、拉致事件と女情報屋殺しは解決するだろう。そうなったら、茜はもう悪夢に悩まされることはなくなるさ」

「そうなってほしいわ」

「必ずそうなるさ。おれはともかく、日本の警察は優秀なんだ。未解決事件があることはあるが、今度の二つの事件は片がつくよ。持丸の件、頼むな」

刈谷は通話を切り上げ、私物のスマートフォンを懐に戻した。いつの間にか、体が冷えきっていた。吐く息が白い。

「きょうも冷えやがるな」

刈谷は言いながら、スカイラインの助手席に乗り込んだ。

「一服したついでに、愛《いと》しの彼女に電話したみたいっすね」

「実は、諏訪茜に持丸勇作の弱みを摑んでくれないかと頼んだんだ。日垣さんに持丸の個人情報と顔写真をメールしてもらって、それを茜に転送したんだよ」

「おれの知り合いを使ったのに、言ってくれれば。主任、水臭いっすよ」

「調査員やチンピラに動いてもらったら、尾行を覚《さと》られるかもしれないんで、おれの彼女を動かすことにしたんだ。署長や隊長はもちろん、西浦さんと入江にも黙っててくれ」

「了解しました。美人写真家は主任に首ったけなんだろうな。現職刑事を尾けて私生活の乱れを探すなんて、危険は危険っすからね。でも、協力する気になった。茜さんは、それだけ主任に惚れてるんすよ。なんか羨《うらや》ましいっすね。おれに、そんな彼女ができるだろうか」

「ヤー公みたいな身《ナ》なり《リ》してるうちは、崩れきった女しか堀に寄りつかないだろうな」

「おれ、そんなに柄が悪く見えます？」

「見える、見える。どっから見ても、組員だな。おまえはやくざ嫌いなくせに、風体は筋者と同じだ。暴力団係《マルボウ》刑事を長くやってたんで少し凄みを利かす必要があったんだろうが、ファッションセンスがダサいよ。髪型もそうだし、蟹股《がにまた》で歩くのもよくないな」

「そうっすか」

「男性ファッション誌を読んで、もう少し垢《あか》抜けないとな」

「そうしないと、いい女とは親しくなれないですかね」

「だろうな」

「けど、そういうのは軟弱でしょ？　もともと硬派っすからね、自分は。男は、やっぱりワイルドさがないと……」

「洗練さも併《あわ》せ持ってないと、いい女は口説《くど》けないぞ」

「なんか面倒臭いな。当分、女っ気なしでもいいっすよ」

堀が不貞腐《ふてくさ》れた顔つきになった。まるで子供だ。刈谷は笑いを堪《こら》えた。

『奥沢レジデンス』から柊が現われたのは、五時数十分後だった。グレイの背広の上に、黒っぽいウールコートを重ねている。

「近所に出かけるんじゃないようっすね」

「柊が電車に乗るようだったら、おれが尾ける。堀は署に戻って、待機しててくれ」

「了解っす」

「対象者《マルタイ》が遠ざかるまで、車のライトは点けるなよ」

刈谷は忠告した。夕闇が拡《ひろ》がりはじめていた。

柊は足早に大通りに向かった。堀がスカイラインを低速で走らせはじめた。

柊は表通りで、タクシーを拾った。

「失業中だというのに、電車は利用しないんすね。金銭的にゆとりがあるようだな」

「依願退職して四カ月しか経《た》ってないんだ。貯《たくわ》えと退職金があるんで、まだ余裕があるんだろう」

「そうなんですかね。郷原組に手入れの情報を流したんで、かなり謝礼を貰ったとも考えられるんじゃないっすか」

「堀は、柊がほぼ内通者だと思いはじめてるようだな」

「そこまでは思ってないっすけど、怪しいことは怪しいでしょ？　四十男が衝動的に依願退職する気になるとは思えないんですよ。分別のある年齢《とし》っすからね」

「そうだが、柊は独身なんだ。仕事に厭気《いやけ》がさしたんなら、後先《あとさき》のことなんか考えずに辞表を書くかもしれないぞ」

「そうだったんすかね。柊は麻薬を根絶やしにはできないと悟《さと》って、楽な生き方をする気になったんじゃないのかな。郷原組に恩を売っとけば、企業舎弟《フロント》の役員ぐらいにはしてもらえるでしょ？」

「柊が内通者だという裏付け《ウラ》を取ったわけじゃないんだから、そこまで疑うのはよくないな。早合点かもしれないじゃないか」

「そうですね。頭の中を白紙にするっすよ」

堀が口を閉じ、柊を乗せたタクシーを慎重に追尾しはじめた。一定の車間距離は保《たも》ちつづけた。

やがて、タクシーは新宿に達した。

「主任、柊は郷原組の事務所に行く気なんじゃないっすかね。あるいは、組事務所の近くの飲食店で郷原組の幹部に会うのかな」

「おまえ、頭の中を白紙にしてないじゃないか」

「あっ、いっけねえ！」

堀が舌を出した。刈谷は苦く笑った。

タクシーは新宿区役所の真裏にある通りに入った。さくら通りだ。道なりに行けば、花《はな》道《みち》通りにぶつかる。

「郷原組の組事務所は、この通りにあったんじゃなかったか？」

刈谷は確かめた。

「そうです。花道通りの少し手前の六階建ての黒いビルが郷原組の事務所です。代紋や提《ちょう》灯《ちん》も掲《かか》げてないですけど、組の持ちビルっすよ。三階までの窓は、すべて鉄板で半分ほど覆《おお》われてるんす」

「対立してる組織に銃弾を撃ち込まれることを想定してるわけか」

「そうです。防犯カメラは五台も設置されてて、若い衆たちが交代で二十四時間、モニターを覗いてるはずっすよ」

「そうか」

「あっ、タクシーが停まりましたね」

堀が緊張した表情になった。

刈谷は視線を延ばした。タクシーは、黒いビルの四十メートルほど手前に停止している。個室ビデオ店の真ん前だった。

柊がタクシーを降り、釣り銭を受け取った。

タクシーが走り去った。堀がスカイラインを路肩に寄せた。すぐに手早くライトを消す。柊は暗がりにたたずみ、煙草を吹かしはじめた。その目は、郷原組の事務所に注《そそ》がれている。

「組事務所から誰か出てくるのを待ってるみたいですね」

　堀が小声で言った。

「柊は裏切り者じゃないな」

「主任、まだわかりませんよ」

「柊が内通者だとしたら、組事務所に入っていくだろう。もう彼は麻薬取締官《マトリ》じゃないんだから、別に人目を気にする必要はないじゃないか」

「でも、依願退職して四カ月しか経過してないわけでしょ？　新宿署《うち》の組対課にマークされてるかもしれないと警戒してるんじゃないっすかね」

「だとしたら、道端に立ったりしてないだろうが？」

「そうか、そうっすね」

「多分、柊は外に出てくる郷原組の者を取っ捕まえて、手入れの情報を流してた奴の名を吐かせる気でいるんだろう。さらに能勢昇太を拉致した奴らのことも聞き出すつもりなんだろうな」

「主任の言った通りなら、柊展人は内通者じゃないわけか。能勢を拉致させたのが誰なのか探り出したいんすかね」

「そうなんだと思うよ。柊は、気骨のある能勢を高く買ってるような口ぶりだったから、拉致犯たちを動かした人物を突きとめる気になったんじゃないか」

「そうだったのか。つい柊を怪しんでしまったっすけど、主任の言った通りなんでしょう。自分、読みが浅いですね。もっと深く筋を読まないと、いけないな」

「悩むことはないさ。おれも強行犯係になって四、五年は、よく筋の読み方を間違えたもんだよ」

「主任でさえ、そうだったんすか。なら、組対課で組員たちの犯罪を取り締まってた自分が間違った推測をしても仕方ないんだな。そう思うことにするっすよ」

「深刻に悩むことはないさ」

刈谷は部下を励ました。

そのすぐ後、助手席側のウインドーシールドがノックされた。四十代前後の男が立っていた。

刈谷はシールドを下げた。

「何かな?」

「ここに車を停められると、客が入りづらいんだよ」

「あんたは誰？」

「すぐ目の前の性感エステの店長だよ。すぐ車を移動させないと、車体を蹴りまくるぞ」

「営業妨害する気はなかったんだが、内偵捜査中なんだよ」

「警察の旦那だったのか⁉　覆面パトカーとは気づかなかったもんで……」

「長いこと張り込むことにはならないと思うから、ちょっとの間、目をつぶっててくれないか」

「はい、はい！　結構ですよ。ご苦労さまでございます」

男が愛想笑いして、地階にある店に降りていった。刈谷はウインドーシールドを上げた。

そのとき、堀が声をあげた。

「柊が動きだしました。あっ、組事務所から出てきたのは友利の子分の滝沢直久《たきざわなおひさ》って野郎っす」

「どいつだ？」

「スキンヘッドで、黒革のロングコートを着てる野郎ですよ」

「どれ、どれ」

刈谷は目を凝《こ》らした。

前方から剃髪頭《ていはつあたま》の男が歩いてくる。三十二、三歳で、体格がよかった。上背もある。

柊がスキンヘッドの男に走り寄り、体を密着させた。滝沢が全身を竦《すく》ませた。

「柊は刃物《ヤッパ》を持ってるみたいだな」

刈谷は言った。

「ええ、滝沢の脇腹に切っ先を突きつけてるようですね。柊は滝沢を人のいない所に連れ込んで、ハードに締め上げるつもりみたいだな。主任、どうします？」

「二人を尾《つ》けて、しばらく様子を見ることにしよう」

「了解っす」

堀が前屈《まえかが》みになった。

柊は滝沢のベルトを摑み、脇道に引きずり込んだ。刈谷たちは静かにスカイラインを降り、二人の後を追った。

脇道に走り入ると、路上駐車中の白っぽいワンボックスカーの向こうに柊の体半分が見えた。スキンヘッドの滝沢の姿は視界に入ってこない。路上に倒れ込んでいるようだ。

「太腿を浅く刺しただけだ。失血死するようなことにはならないよ」

「てめえ、いきなり刺しやがって」

「滝沢、また痛い思いをしたくなかったら、郷原組に内偵や手入れの情報を流してた奴の名を吐くんだな」

「そんな麻薬取締官《マトリ》なんかいねえよ。てめえ、なんか勘違いしてるんじゃねえのか」

「そのまま動くんじゃない」

「刺せるもんなら、刺してみやがれ。てめえの首の骨をへし折ってやらあ」

「滝沢、立つな！」

柊が前に跳《と》び、右足を飛ばした。前蹴りを見舞われた滝沢が呻いて、長く唸《うな》った。

「能勢は内通者が誰なのか、薄々、気がついてたんだろう。だから、友利は手下に能勢を拉致させたんじゃないのかっ」

「なんの話か、おれにはわからねえな」

「空とぼける気なら、今度は果物ナイフをおまえの腹に突き入れるぞ」

「本当におれは何も知らねえんだ。友利の兄貴がそっちの同僚を抱き込んだみてえだけど、そいつが誰か聞いてないんでな。能勢って野郎の失踪に郷原組《うち》が絡んでるのかどうかも知らねえ。嘘じゃねえよ」

「滝沢、歯を喰いしばれ！　腸《はらわた》も千切《ちぎ》れるだろうから、かなり痛いぞ」

「やめろ！　刺すなっ」

「ヤー公のくせに、だらしがないな」

柊がせせら笑って、片膝を落とした。刃物を握り直す。

「後は、こっちに任せてもらいましょう」

刈谷は柊に声を投げた。柊が振り向いた。

「あんたら、おれを尾けてたのか⁉」

「そうです。すぐに消えてください」

「しかし、おれは倒れてる野郎の右脚を果物ナイフで刺したんだ」

「そうなんですか。おれたち二人は気づきませんでした。あなたはゴム製のナイフを握ってるようですが、それでは人は刺せないでしょう」

「あんた……」

「野次馬が集まる前に早く消えてください」

「いいのか？」

「早く現場を離れてほしいな」

刈谷は急《せ》かした。柊が一礼し、身を翻《ひるがえ》す。

「主任、まずいんじゃないですか？」

「何かあったら、おれが責任を取る」

「柊が手にしてたのはゴム製のナイフだったから、別に問題にならないですよね」

堀がにやついた。

刈谷は笑い返し、滝沢のそばに屈《かが》み込んだ。

「おまえら、誰なんだよ？」

滝沢が肘《ひじ》を使って、上体を起こした。右の太腿から血臭が立ち昇っている。

刈谷は無言でショルダーホルスターからシグ・ザウエルP230ＪＰを引き抜き、スライドを滑らせた。初弾を薬室《やくしつ》に送り込んだのだ。

「関西の極道じゃねえよな。どこの誰なんでえ？」

「自己紹介は省《はぶ》かせてもらう。郷原組に手入れの情報を流してた麻薬取締官《マトリ》の名を吐くんだ。それから、能勢を去年の十一月に車で連れ去った二人組は、組の者かどうかも答えてもらおうか」

「その拳銃《チャカ》、本物《モノホン》だよな？」

「ああ、そうだ。質問にちゃんと答えないと、一発撃ち込むぞ」

「おれは本当に何も知らねえんだ」

「そっちが正直に答えたかどうか、体に訊《き》いてみよう」

「嘘じゃねえって」

滝沢の声は震えていた。刈谷は銃口を滝沢の眉間《みけん》に突きつけた。

そのとたん、滝沢が全身をわななかせはじめた。眼球は、いまにも零《こぼ》れそうだ。

「撃《ハジ》かねえでくれ。おれ、まだ死にたくねえよ。くたばりたくねえんだ」

「舎弟頭補佐の友利尚之は、どこにいる？」

「わからねえ。おれは何も知らねえんだよ。それだけは信じてくれねえか。頼むよ」

「スマホは持ってるな？」

「ああ」

「だったら、自分で救急車を呼ぶんだな」

刈谷はシグ・ザウエルＰ230ＪＰをホルスターに戻し、勢いよく立ち上がった。

「いったん、引き揚げるんすね？」

堀が問いかけてきた。刈谷は黙って顎《あご》を引いた。

二人は、スカイラインを駐めた場所に向かって走りはじめた。

第三章　内通者捜し

1

サイレンの音が近づいてくる。

誰かが裏通りの騒ぎに気づき、一一〇番通報したのだろうか。

刈谷は急いでスカイラインの助手席に乗り込んだ。すでに堀はハンドルを握っている。

「パトが現着《げんちゃく》する前に消えよう。そうしないと、面倒なことになるからな」

刈谷は部下に言った。堀が車を発進させ、数十メートル先を右折した。裏通りだった。

「友利は自宅にいるかもしれないな。堀、行ってみよう」

「はい」

「女房《バシタ》がいるのか、友利には？」

「いや、結婚はしてません。自分が組対課にいたころは、百合《ゆり》という内縁の妻がいましたが、まだ一緒に暮らしてるかな。家《ヤサ》は、『大久保グランドパレス』の八〇一号室っす」

「職安通りに面してるマンションだな」

「そうです。賃貸マンションで、入居者はヤー公と水商売関係の者が多いんすよ」

「そうか。友利が自宅にいたら、罠《わな》を仕掛けよう」

「どんな罠を仕掛けるんすか？」

「おまえは面《メン》が割れてるはずだから、おれは名古屋の中京会《ちゆうきようかい》の人間に化ける。それでな、組を破門されたときに二十キロの極上覚醒剤《マブネタ》をかっぱらったということにする」

「そいつを郷原組に引き取ってほしいって話を持ちかけるんすね？」

「そうだ。多分、友利は興味を示すだろう」

「でしょうね」

車が区役所通りにぶつかった。堀がスカイラインを左折させる。ほどなく職安通りに出た。

堀は覆面パトカーを左折させ、百数十メートル先でガードレールに寄せた。

車道の向こう側に『大久保グランドパレス』がそびえている。九階建てだ。外壁は白っぽい磁器タイル張りだった。

「堀は車の中で待っててくれ」

刈谷はスカイラインを降りた。

少し先に横断歩道があった。刈谷は職安通りを渡り、『大久保グランドパレス』に歩《ほ》を進めた。集合インターフォンの前に立ち、テンキーに手を伸ばす。部屋番号を押すと、女性の声で応答があった。

「どなたですか？」

「梅津《うめづ》といいます。名古屋の中京会に世話になってた男です。友利さんに買っていただきたい物があるんですよ。いらっしゃいます？」

「いることはいますけど……」

「極上覚醒剤《シャブ》を格安でお分けしたいとお伝えいただければ、友利さんに話は伝わるはずです」

「ちょっと待ってくださいね」

「はい」

刈谷は半歩退《さ》がった。一分ほど待つと、スピーカーから男の野太《のぶと》い声が響いてきた。

「友利だが、中京会の者だって？」

「ええ。先月まで村野《むらの》組にいたんですが、ちょっとした不始末で破門になったんですよ」

「あんた、訛《なま》ってないな。名古屋の土地っ子じゃないね？」

「実は蒲田《かまた》のある組に足《ゲソ》つけてたんですが、兄貴分の情婦《おんな》をコマしたんで……」

「そこを破門になって、名古屋に流れたのか」

「そうなんです。でも、外様《とざま》なんで村野組では貫目《かんめ》がなかなか上がらなかったんですよ。それで、縄張り内《シマウチ》の飲食店からみかじめ料を二重取りするようになったんです」

「それが発覚したんで、また破門されたのか。しょうがねえ奴だな」

「えへへ。村野組で軽く扱われてきたんで、その腹いせに極上の覚醒剤を二十キロほど抜いたんですよ」

「二十キロだって⁉　フカシこくなよ」

「はったりじゃありません。ある場所に十九キロは保管してあるんですが、一キロは商品サンプルとして持ち歩いてるんです。サンプルを見ていただければ、すぐにマブネタだってことはわかります。郷原組には相場の三分の一の値で譲りますよ。ただし、二十キロそっくり引き取っていただきたいんです」

「虚偽《ガセ》じゃねえんだろうな」

「もちろんです。これから、八〇一号室にお邪魔させてください」

刈谷は言った。

「あんたを部屋に入れるわけにはいかねえな。おれひとりだけじゃねえからさ。近くにある郷原組《うち》の事務所に来てくれねえか」

「それは勘弁してください。サンプルの一キロを奪われて、残りの保管場所を教えろと痛めつけられたりしたら、目も当てられませんから」

「そんな汚《きたね》えことはしねえよ。二十キロの極上物が相場の三分の一で手に入るんだったら、ちゃんと払うものは払うよ」

「そう言われても……」

「なら、こうしようや。あんたが指定する場所にこっちが出向くよ。おれひとりでな。それだったら、そっちも安心だろうが？」

「そうですね。それなら、近くにある大久保公園に来てもらえますか？」

「いいだろう。十五分後に公園で落ち合おうや。あんた、どんな恰好をしてるんだい？お互いに初対面だからさ」

「こっちは友利さんのお顔を知ってます。武闘派として鳴らしてる方だから、蒲田の組にいたころ、いろいろ武勇伝が耳に入ってきたんですよ」

「それほど暴れたわけじゃねえけど、おれたちの稼業はなめられたら、やっていけねえからな」

「ええ。それでは、後ほどお目にかかりましょう」

「そうしよう」

友利の声が熄《や》んだ。

刈谷はマンションから離れ、ふたたび職安通りを渡った。スカイラインに乗り込むと、堀が早口で問いかけてきた。

「友利は自宅にいたみたいっすね？」

「ああ、いたよ。作り話に乗ってきて、十五分後に大久保公園で落ち合うことになった」

「友利は、主任の餌《えさ》にすんなり喰いついてくるっすかね？　作り話かもしれないと少しは疑ってるんじゃないですか？」

「そうなら、本人は公園には来ないだろう。それで、手下の者にこっちの正体を突きとめろと命令するだろうな」

「ええ、そうするんじゃないっすかね。そういう流れになったら、その子分を囮《おとり》にして友利を誘《おび》き出すという段取りなんでしょ？」

「そうだ」

「自分、暗がりに潜んでるっすよ。友利の子分が来たら、そいつを押さえましょう」

「そういう作戦でいこう。堀、車を出してくれ」

刈谷は命じた。

堀が覆面パトカーを走らせ、新宿ハローワークの手前を左に曲がった。百数十メートル先の右手に大久保公園がある。

細長い公園は暗かった。人影は見当たらない。スカイラインは、公園の隣にある東京都健康プラザハイジアの真横に停められた。

刈谷たちコンビは車を降り、大久保公園に入った。

「おれは、あのあたりに隠れてるっすね」

堀が中ほどの植え込みを指さし、刈谷から離れた。

刈谷は出入口から三十メートルほど離れた場所にたたずんだ。

公園の向かいにホテルがあるが、その灯《あか》りは出入口のあたりまでしか届いていない。園内の樹木はそれほど多くないが、闇は濃かった。

夜風が樹々《きぎ》の小枝を揺らしている。葉擦《はず》れの音はどこか潮騒《しおさい》に似ていた。

刈谷の懐で刑事用携帯電話が鳴った。

ポリスモードを取り出し、ディスプレイを見る。

発信者は入江奈穂だった。

「結城に動きがあったのか？」

「少し前に自宅マンションを出て、車で駒沢《こまざわ》のファミレスに入ったとこです。結城は月極駐車場にドルフィンカラーのＢＭＷを置いてありました。３シリーズですけど、まだ新車に近い感じでしたね」

「自由が丘あたりの月極駐車場なら、月に四万円前後は取られそうだな」

「そうでしょうね。六十回払いのローンで購入したのかもしれませんけど、意外にリッチみたいなんで、驚きました」

「結城の腕時計に気づかなかったか。彼はオーディマ・ピゲを嵌めてた。偽ブランド品なんだと言ってたが、本物にちがいない。宝飾腕時計のことを言うと、結城は焦《あせ》って袖の奥に隠したんだ」

「それなら、コピー物ではないんでしょう。オーディマ・ピゲを嵌めて、五百万近いドイツ車を乗り回してるのか。主任、郷原組に手入れの情報を流してたのは結城航なのかもしれませんよ」

「そう疑いたくなるな。しかし、まだ断定はできない」

「ええ、そうですね」

「入江、結城は誰かと待ち合わせてる様子だったのか？」

「メニューを見て、何かご飯物をオーダーしたみたいですから、ひとりで夕食を摂《と》りに来たんだと思われます。友人か女友達とファミレスで落ち合うことになってるんだったら、とりあえず飲み物だけを注文するんじゃないかしら？」

「そうだろうな。結城がファミレスから自宅マンションに戻るようだったら、西浦・入江班は張り込みを切り上げて署に引き揚げてくれ」

「わかりました。そちらに何か進展はありそうなんですか？」

「事がうまく運べば、例の拉致事件と池内美由紀殺しが同時に解決するかもしれない。ちょっと楽観的かな」

刈谷は経過を伝えた。

「友利尚之が罠に嵌まってくれたら、スピード解決しそうですね」

「相手は、強《したた》かな筋者だからな。破門やくざを装ったこっちを怪しんでるかもしれない」

「そうでしょうか」

「場合によっては入江たち二人に助《ス》けてもらうことになるかもしれないんで、結城が塒《ねぐら》に戻ったら、二人はアジトで待機しててくれないか」

「わかりました」

奈穂が通話を切り上げた。刈谷は刑事用携帯電話《ポリスモード》を懐に戻した。

数秒後、私物のスマートフォンが振動した。茜からの電話なのではないか。

刈谷はスマートフォンを摑み出した。やはり、発信者は茜だった。

「例の人物は六時二十分ごろに職場を出て、山手線で池袋に来たの。それで東武百貨店のそばのコーヒーショップで三十六、七の女性と落ち合ったのよ」

「二人の会話は盗み聴きできたのか？」

「ええ。女性の夫は二年半前に強盗事件で新宿署に捕まって、現在、服役中みたいよ。持丸という刑事課長は彼女の旦那が新宿署に留置されてるときから、いろいろ相談に乗ってたようね」

「二人は他人じゃない感じなのか？」

「ええ、そう感じたわ。それも親密な仲になったのは、だいぶ以前なんじゃないのかな。すっかり馴《な》れ親しんだ感じに見えたから」

「持丸は、旦那が東京拘置所に入ってるときに人妻と関係を持ったのかもしれないな。あるいは、容疑者が送致される前に不倫の仲になったんだろうか」

「どちらにしても、現職刑事が犯罪者の妻と特別な関係になったりしたら、問題になるわけでしょ？」

「懲戒処分になるさ。二人がコーヒーショップで話し込んでるとこを盗撮してくれたよな？」

「ええ、こっそり撮ったわ」

「サンキュー！　しかし、それだけでは持丸の致命的な弱みを押さえたことにはならない。二人は、いま現在、どこにいるんだい？」

「小料理屋のカウンターで飲んでるわ」

「その後、ホテルにしけ込むかもしれないな。茜、決定的瞬間を押さえてくれないか。できれば、動画を撮ってほしいんだ」

「ちょっぴり後ろめたいけど、わたし、協力するわ。亮平さんの敵ですものね、持丸という課長は」

「ありがとう。おれ、茜を大事にしなくちゃな」

刈谷は電話を切って、スマートフォンを懐に収めた。

ちょうどそのとき、二人の男が公園に駆け込んできた。

どちらも二十代後半で、ひと目で堅気ではないとわかる。郷原組の組員だろう。

片方は髪を短く刈り込んでいる。中肉中背だが、いかにも凶暴な面構《つらがま》えだ。もうひとりはオールバックで、口髭をたくわえている。ずんぐりとした体型だった。

「あんたが梅津さんかい？」

短髪の男が立ち止まるなり、ぞんざいな口調で問いかけてきた。ダウンパーカのポケットに両手を突っ込んだままだった。

「礼儀を知らない奴だな。他人《ひと》に物を訊くときは敬語を遣《つか》うべきだ。そんな調子じゃ、二十年経《た》っても、準幹部にもなれないぜ」

「てめえ、偉そうに！　何様のつもりなんだっ」

「おまえらは友利の舎弟だな？」

「兄貴の名を呼び捨てにしやがって。てめえ、名古屋から来た破門やくざじゃねえな。極上の覚醒剤《シャブ》を売《バイ》したいって話は、どうせ嘘なんだろうがよ」

「サンプルの一キロ袋は持ってる」

「だったら、早く出しな」

「おれは、友利と商談することになってた」

「その話が信用できねえから、友利の兄貴はおれたちにてめえの正体を探《さぐ》ってこいって言ったんだ。怪我したくなかったら、言われた通りにするんだな」

「チンピラども、失《う》せろ！」

「なんだと⁉　おい、菊地《きくち》、この野郎をちょいとかわいがってやんな」

男が仲間をけしかけた。菊地と呼ばれた男が一気に間合いを詰め、右のロングフックを放った。

刈谷は退《さ》がらなかった。左腕でパンチを払い、ショートアッパーを見舞う。菊地が顎をのけ反《ぞ》らせ、体をふらつかせた。

刈谷はステップインして、菊地の急所を蹴り上げた。

的《まと》は外さなかった。菊地が後方に引っくり返り、体を丸めた。両手で股間を押さえながら、転げ回りはじめた。

「やるじゃねえか」

髪を短く刈り込んだ男が妙な笑い方をして、腰に手をやった。白鞘《しろさや》ごと匕首《あいくち》を引き抜く。

「だぶついてる中国製トカレフのノーリンコ54も与えてもらってないのか。やっぱり、おまえはチンピラだな」

「てめえ、殺すぞ！」

「虚勢を張るなって。その短刀《ドス》は、まだ一度も人の血を吸ったことがないんだろうが？」

刈谷は挑発した。案の定、相手が目を尖《とが》らせた。

「こいつで、三人は刺してらあ」

「強がるなって」

「なめんじゃねえ。てめえ、本当に殺《や》っちまうぞ」

「チンピラに人を殺す度胸があるとは思えないな」

刈谷は薄く笑った。

「駒井《こまい》さん、本当にそいつを刺しちゃってよ」

菊地が短髪の男に声をかけた。

駒井が黙ってうなずき、白鞘を払った。地べたに落とした鞘を横に蹴り、やや腰を下げた。短刀が斜め上段に構えられた。刃渡りは二十三、四センチだろう。

刈谷は二歩前進し、三歩後退した。誘《フェイント》いだった。

菊地が前に出るなり、白刃を振り下ろした。

刃風が耳に届いた。しかし、切っ先は刈谷から五十センチも離れていた。短刀が引き戻される。

刈谷は助走をつけて、高く跳《と》んだ。飛び膝蹴りが駒井の胸板を直撃する。

駒井が体をくの字に折りながら、仰向けに倒れた。右手から刃物が零《こぼ》れた。

刈谷は匕首を遠くに蹴ってから、駒井の脇腹をキックした。駒井が動物じみた唸り声をあげながら、のたうち回りはじめた。

「それ以上、汗をかくと、風邪をひくっすよ」

堀刑事が暗がりから走り出てきて、菊地のこめかみを蹴りつけた。菊地が体を半回転させ、怯《おび》えたアルマジロのように四肢《しし》を縮めた。

　刈谷は足で駒井を仰向けにさせ、膝頭で押さえつけた。そうしながら、駒井の顎の関節を外す。堀が同じように、菊地の顎の関節をずらした。駒井と菊地は涎《よだれ》を垂らしながら、喉の奥で呻きつづけた。

「少しの間、このままにしておこう」

　刈谷は部下に言って、紫煙をくゆらせはじめた。堀も煙草に火を点けた。

　セブンスターの火を消したとき、もがき苦しんでいた駒井が地面を平手で幾度も叩いた。ギブアップのサインだろう。

　刈谷は駒井の顎の関節を元に戻し、上体を掴み起こした。駒井は肩を弾ませ、必死に呼吸を整えている。

「訊かれたことに素直に答えないと、両腕の関節を外すぞ」

「そ、そんなこと、やめてくれよ。顎を外されただけで、死ぬかと思うほど痛かったんだ。てめえ、いや、あんた、何者なんでえ？」

「質問するのは、こっちだ。郷原組に内偵や手入れの情報を流した麻薬取締官《マトリ》がいるよな。そいつは誰なんだ？」

「おれたちは知らないよ。薬物《クスリ》のビジネスは、友利の兄貴が仕切ってるんだ」

「本当なんだな？」

「ああ、そうだよ」

「友利は去年の十一月中旬、組の若い奴二人に能勢という麻薬取締官《マトリ》を拉致させたんじゃないのか。それから、能勢の行方を追ってた池内美由紀という元ショーダンサーを始末させたんだろ？」

「そ、そうなのかよ⁉　おれは何も知らねえ。菊地も同じだと思うぜ」

「友利は自宅にいるのか？」

「いや、組事務所にいるはずだよ。あんたを事務所に連れてこいって言われてたんだ」

「友利に電話するんだ。逆《さか》らったら、おまえら二人を撃つぞ」

「あんた、拳銃《チャカ》を持ってるのか⁉」

駒井が目を剝《む》いた。刈谷は上着の裾《すそ》を拡《ひろ》げ、シグ・ザウエルP230JPを見せた。

「撃たねえでくれ。お願いだから、おれたちを撃《ハジ》かねえでくれよ」

駒井が懐からスマートフォンを取り出し、ディスプレイのアイコンに触れた。刈谷は視線を泳がせた。

堀が菊地の顎の関節を元の位置に戻し、利き腕を捩《ねじ》上げた。菊地が痛みを訴える。

電話が繫《つな》がった。刈谷は駒井のスマートフォンを奪い、自分の耳に当てた。

「駒井と菊地の二人を生け捕りにした。すぐに大久保公園に来い。言うまでもなく、丸腰でひとりでな。あんたに直《じか》に確かめたいことがあるんだよ」

「駒井と菊地を好きなようにしな。殺《や》っちまっても、別にかまわねえよ」

友利が言い放ち、電源を切った。刈谷は、スマートフォンを無言で駒井に返した。

「兄貴は来るって？」

駒井が訊いた。

「いや、来ない」

「どういうことなんだ？」

「おまえら二人は、友利に見捨てられたってことだよ」

刈谷は答えて、部下を目顔で促した。

2

幻覚なのか。

刈谷は目をしばたたいた。新宿署の数十メートル手前の舗道に立っているのは、間違いなく恋人の茜だった。

大久保公園で立ち回りを演じた翌朝である。九時前だった。前夜は結局、友利に迫ることはできなかった。結城も駒沢のファミリーレストランで夕食を摂《と》ると、ＢＭＷで自宅マンションに戻ったという報告を奈穂から受けていた。

刈谷は茜に駆け寄った。

「どうして、ここにいるんだ⁉　びっくりしたよ」

「亮平さんを待ってたのよ。昨夜《ゆうべ》、決定的な証拠を押さえたの。持丸という刑事課長と連れの女性は小料理屋を出ると、ラブホテルに入ったわ」

「そう」

「ええ。これがデジカメで撮ったプリントアウトよ」

茜がベージュのダウンコートのポケットから、数葉《すうよう》の写真を取り出した。刈谷はプリントアウトを受け取り、手早く繰《く》った。

『パトス』というラブホテルに入りかけているカップルの横顔が写っている。男は紛《まぎ》れもなく持丸勇作だ。

持丸は、三十代後半と思われる女性の腰に腕を回していた。服役囚の妻だろう。地味な顔立ちだが、熟女らしい体型だ。抱き心地は悪くないのではないか。

「持丸課長は、写真の彼女をちとせと呼んでたわ」

「そうか」

「コーヒーショップで一応、ICレコーダーを作動させたのよ。でも、二人の会話はきれいに録音されてなかったの。近くにいた男性客の二人が大きな声で話してたんでね。だから、レコーダーは持ってこなかったのよ」

「このプリントアウトだけで、充分に切札になるさ。お疲れさん！　署の少し先に昔風の純喫茶があるんだ。そこで、コーヒーでも飲もう」

「わたし、ゆっくりしてられないのよ。アメリカの通信社の依頼で、歌舞伎町の昼と夜の街頭写真を撮らなきゃならないの」

「その取材で、朝早くから新宿に来たわけか」

「ええ、そうなの。撮影は一日で済ませる予定なんだ。そんなわけだから、お茶につき合えないの。ごめんね」

茜が肩から提《さ》げたカメラバッグを揺《ゆ》すり上げ、大ガードに向かって歩きだした。

刈谷は恋人を見送ってから、新宿署に入った。刑事課のある四階に上がり、持丸課長を廊下に呼び出す。

「なんの用だ？　こっちは忙しいんだよ」

向かい合うと、持丸が不機嫌そうな声で言った。

「あんたが不倫してるとは驚きだったよ」

「言いがかりをつけるんじゃないっ」

「きのう、あんたは池袋のコーヒーショップで不倫相手と待ち合わせて小料理屋で軽く飲んだ。その後、ちとせという彼女とラブホテルに入ったよな？　ホテルの名は『パトス』だ」

「きさま、いい加減なことを言うな！」

「もうシラは切れないぞ」

刈谷は鹿革のハーフコートのポケットに右手を突っ込み、四枚のプリントアウトを取り出した。写真を扇の形に拡《ひろ》げ、宙に翳《かざ》す。

「うっ」

「連れの彼女は、強盗犯の妻だな。被疑者が留置中に人妻に手をつけちゃったのか？」

「そ、そんなことはしてない」

「ちとせさんの旦那が東京拘置所に収監されてるとき、いろいろ相談に乗ってたようだな？」

「…………」

「急に日本語を忘れちゃったか。ま、いいや」

「ちとせ、いや、彼女は亭主にさんざん泣かされてきたんだ。気立てのいい女だが、男運が悪いんだよ。父性愛みたいな気持ちが膨《ふく》らんで彼女の今後のことを考えて、警察ＯＢのいるタクシー会社に就職させたんだ」

「そこまでは、いい話だよな。しかし、その後がまずいね。服役囚の女房を寝盗《ねと》っちまったわけだから」

「戯《たわむ》れに彼女を抱いたわけじゃない」

「ちとせさんに本気でのめり込んだというんなら、そのうち奥さんとは離婚する気なんだな。そうなんだろ？」

「そこまでは考えてないよ」

「ということは、単なる浮気ってことになるな。人妻と不倫してる現職警官がいることを本庁警務部人事一課監察の連中が知ったら、あんたはどうなるかね。最悪の場合は懲戒免職になるだろう」

「刈谷、密告《チンコロ》する気か⁉」

持丸が声を上擦《うわず》らせた。

「同じことを何度も言わせるなっ。おれは、あんたの部下じゃない。呼び捨てにするな！」

「わ、わかったよ。刈谷君、ちとせとの関係を誰にも言わないでくれないか」

「君《くん》づけか。あんたのほうがずっと年上だが、同じ警部《オブケ》なんだ。上から目線は思い上がりじゃないのか。え？」

「すまなかった。刈谷さんと呼ばせてもらうよ。家内には苦労をかけ通しだったから、離婚する気はないんだ。といって……」

「不倫中の人妻とも別れたくないってわけだ？」

「わたしには、女房も彼女も必要なんだよ。それだから、どうか見逃してくれないか。頼むよ。きみが以前のように強行犯係になりたいんなら、副署長に働きかけてやろう」

「そんなことは望んでない」

「なら、口止め料を払うよ。わたしが女房に内緒で工面《くめん》できるのはせいぜい百万だな。それで、手を打ってくれないか」

「金をせびる気なんかないっ」

「それじゃ、どうしろと言うんだ？」

「あんたは捜査資料室のメンバーが事件捜査をしてるんではないかと疑ってるようだが、おれたちは事件調書を管理してるだけだ。こそこそ嗅ぎ回られると、うっとうしいんだよ」

刈谷は言った。

「それをやめれば、ちとせとのことは絶対に口外しないと約束してもらえるのか？」

「ああ、約束するよ」

「わかった。調書を借りに行くとき以外は、二度と捜査資料室には近づかない」

「そうしてくれ」

「刈谷さん、デジカメのＳＤカードとそのプリントアウトを渡してくれないか」

「それは駄目だ。おれは、あんたを信用してないんでな。保険が必要なんだよ」

「約束は決して破らないって」

持丸が声に力を込めた。刈谷は首を振って、プリントアウトをハーフコートのポケットに戻した。

持丸が長嘆息《ちょうたんそく》する。刈谷は持丸に背を向け、エレベーターホールに急いだ。十階に上がり、捜査資料室に入る。

奥のアジトには、堀刑事しかいなかった。

刈谷は堀を手招きし、不倫カップルの写真を見せた。

「持丸課長、浮気してたんすね？」

「そうなんだ。茜が決定的瞬間を撮ってくれたんだよ」

「これで、課長はおれたちチームのことをもう詮索《せんさく》できなくなりますね」

堀が笑顔になった。刈谷は恋人から聞いた話を堀に喋り、釘をさした。

「こういう反則技を使ったことは、堀とおれだけの秘密だぞ」

「わかってるっすよ。署長や隊長はもちろん、西浦さんや入江にも言いません。それはそうと、きのうは残念でしたね。おれたちが組事務所に行ったときは、もう友利はいなかった」

「そうだったな。自宅マンションには、百合という内妻しかいなかった。友利は当分、自宅にも組事務所にも近づかないと思うよ」

「後で自分、古巣の組対課に行って友利に愛人《レコ》がいるかどうか情報を貰ってくるっすよ」

「そうしてくれ」

二人はソファに腰かけた。

それから間もなく、二人の女性刑事が秘密刑事部屋に入ってきた。階下のエレベーター乗り場でたまたま鉢合わせをしたのだろう。

「結城がファミレスから自宅にまっすぐ戻ったんで、がっかりよ」

西浦律子が刈谷に言って、堀の隣のソファに坐った。ツイードのパンツスーツ姿だった。

　奈穂がワゴンに歩み寄って、四人分のコーヒーを淹《い》れた。彼女は四つのマグカップを卓上に置くと、刈谷のかたわらのソファに腰を下ろした。

「きのうも言いましたけど、わたしは結城が郷原組に手入れの情報をリークしてたんだと思いますね。彼の俸給でオーディマ・ピゲやＢＭＷは買えないでしょ？　主任、そうですよね？」

「入江が言うように、結城は確かに内通者臭いな。しかし、まだ奴は若い。三十三歳ぐらいで、大胆なことをやれるだろうか」

「刈谷ちゃんは、結城は単なる使いっ走りだと睨んでるのね？」

　律子が話に加わった。

「もっとベテランの麻薬取締官《マトリ》が、結城をメッセンジャーとして動かしてるんじゃないかと考えてるんですよ」

「単なる伝言係に高級腕時計やＢＭＷを暴力団が謝礼としてプレゼントするとは思えないわ。ＢＭＷぐらいは買い与えるかもしれないけどね。オーディマ・ピゲまでは贈らないでしょ？　両方で一千万円前後はするんだから」

「西浦さん、こうは考えられませんか。内通者はベテランのＧメンなんだが、自分が怪しまれたくないんで、使いっ走りの結城に宝飾時計とＢＭＷを貸し与えてる」

「結城は単純に喜んで、オーディマ・ピゲとＢＭＷを使わせてもらってるというわけね？」

「ええ」

「そうだったとしても、結城をメッセンジャーに使ってる奴は安心はしてられないでしょ？　結城がバックの人間のことを自白《ウタ》ったら、自分も手が後ろに回っちゃうわけだから」

「結城は何か弱みを真の内通者に知られて、メッセンジャー役をやらされてたとしたら……」

「致命的な弱みを握られてたら、バックにいる奴のことは口にできないだろうな」

「これといった根拠があるわけじゃないんですが、結城は小物すぎる気がするんですよ」

「刈谷ちゃんの勘はよく当たるから、そういうことなのかな。でも、ベテランの取締官って誰なんだろう？」

「主任と堀さんは、麻薬取締部捜査一課の課長に会ってますよね。課長は内部に不審なベテランがいるようなことは匂わせてませんでした？」

　美人刑事が口を挟んだ。

「香田課長は去年の十月に急に退職した柊展人を少し疑ってるようだったが、その彼は内通者ではなさそうなんだ」

「そう言えるのは、どうしてなんですか？」

「柊は後輩の能勢のことを買ってて、その死を惜《お》しんでる様子だったんだよ。それだけではなく、例の拉致事件の真相を自分で調べてるようなんだ」

「そうなんですか。そのことは、きのう、主任から聞いてなかったんで……」

「そうか、そうだったな。知り得たことを女性軍に隠す意図《いと》はなかったんだがね」

「ええ、わかってますよ。捜査一課の麻薬取締官《マトリ》のすべてを洗ってみたほうがよさそうだな。西浦さんとわたし、きょうは中目黒の麻薬取締部に行きましょうか。それとも、結城航だけをマークすべきですかね」

「結城は、しばらく郷原組の者とは接触しないだろう。きのうの夜、おれたち二人が友利に罠を仕掛けたんでな」

「刈谷ちゃん、わたしと奈穂は結城の先輩たちの動きを探ってみるわ」

シングルマザー刑事が立ち上がり、奈穂に目配せした。ほどなく女性刑事たちがアジトから出ていった。

「ちょっと組対課に行って、友利尚之の女関係の情報を集めてくるっす」

堀がコーヒーを啜《すす》ってから、ソファから腰を浮かせた。刈谷は堀がいなくなると、自分の席に向かった。

捜査資料のファイルを開き、池内美由紀殺し事件の調書を読み返しはじめた。すると、被害者と肌を重ねた夜のことが脳裏に蘇《よみがえ》った。

ショーダンサー時代に数多くの男と恋愛してきた彼女の体は、開発し尽くされていた。性感帯を刺激すると、鋭く反応した。悦《よろこ》びの声をあげながら、しどけなく乱れた。

刈谷は欲情をそそられ、美由紀を甘く嬲《なぶ》りつづけた。美由紀は三度もたてつづけに極みに駆け上がった。

それでいて、怯《おび》えた小娘のように刈谷にしがみついて離れようとしなかった。美由紀は『心にいつも風が吹いていていて、淋《さび》しい』と涙ぐんだ。刈谷は美由紀を強く抱きしめ、頭と背中を休みなく撫でた。そうこうしているうちに、彼女は眠りについた。

刈谷は捜査資料を読み終えた。

読み落としていたことは何もなかった。刈谷は青いファイルを閉じて、下段の引き出しの中に仕舞《しま》った。

そのとき、新津隊長がアジトにやってきた。

刈谷は机から離れ、西浦・入江班が中目黒の麻薬取締部捜査一課事務所に向かったことを伝えた。

「堀君は？」

「組対課に友利尚之の女関係の情報を貰いに行きました」

「そう。友利はしばらく身を隠すつもりなんだろうが、いつまでも潜伏してるわけにもいかないだろう」

「でしょうね」

「まだ捜査二日目なんだから、焦《あせ》ることはないさ。ま、掛けよう」

新津が先にソファに腰を落とした。刈谷は向かい合う位置に坐った。

「刈谷君が推測したように、本部事件の被害者は能勢昇太の行方を追ってて、郷原組がいつも摘発を免《まぬか》れてることを訝《いぶか》しく思ったんだろうな」

「ええ、そうなんでしょう」

「それで、池内美由紀は能勢が郷原組に手入れの情報を漏らしてる同僚を突きとめたことを知ったにちがいない。能勢を拉致し、美由紀を殺害したのは郷原組の関係者と思われる。もしも郷原組の仕業じゃないとしたら、麻薬取締官の誰かなんだろう。結城航が犯罪のプロを雇って能勢を拉致させ、池内美由紀の口を封じさせたんだろうか」

「新津さん、結城は若手の麻薬取締官です。さっき部下たちにも言ったんですが、結城は先輩の誰かの使いっ走りなのかもしれません」

「そうなんだろうか」

「暴力団の幹部と裏取引ができるほどキャリアを積んでませんから、結城はただのメッセンジャーと考えたほうがいいと思うんですよ」

「刈谷君の話には説得力があるな。そうなのかもしれないね。真の裏切り者は、結城の先輩のGメンと考えるべきだろうな」

新津が腕を組んだ。

その直後、堀が戻ってきた。巨漢刑事は新津隊長に会釈《えしやく》し、刈谷に報告した。

「友利は一年ほど前まで元レースクイーンの折笠茉利花《おりがさまりか》、二十七歳を愛人《レコ》にしてたらしいんですけど、いまは内妻の目を盗んで別の女のマンションに通ってるみたいっすよ」

「新しい女の名は?」

「右近亜希《うこんあき》、二十八歳です。クラブ歌手で、かなりの美人だって話でしたよ。自宅マンションはJR目白駅のそばにあるそうっす」

「マンション名も訊いてきたか」

「ええ。『目白アビタシオン』の三〇八号室に住んでるようです」

「そのクラブ歌手の自宅に友利は匿《かくま》われてるのかもしれないな。堀、以前の愛人《レコ》の住まいも教えてもらってきた?」

「抜かりはありません。折笠茉利花は友利に中野区沼袋《ぬまぶくろ》三丁目に平屋の借家を宛《あ》てがわれてたようなんすけど、いまも住んでるって話でしたよ」

「ということは、まだ友利は元レースクイーンとは完全には切れてないんだろう。未練があって、たまに茉利花という女のとこに通ってるんじゃないだろうか」

「それはないと思います。というのは、茉利花には別の彼氏ができたそうなんですよ。ロック・ミュージシャンのように髪を長く伸ばした三十前後の男が数日置きに元レースクイーンの自宅を訪ねてるみたいなんっす」

「それじゃ、もう友利とは縁が切れてるんだろう」

「茉利花の家を車で訪ねてる男は常に濃いサングラスをかけてるという話だったから、少しは知られたアーティストなんじゃないっすか。多分、その新しい彼氏が借家の家賃を負担してるんでしょう」

「そうかもしれないな」

刈谷は腰を上げた。すると、新津が確かめた。

「きみら二人は、クラブ歌手《ヤサ》の自宅マンションに行くんだな？」

「ええ。友利が右近亜希の家に潜伏してなかったら、元レースクイーンの自宅で情報集めをします」

「わかった」

「行ってきます」

刈谷は、堀とともに秘密刑事部屋を出た。

3

やくざっぽい男たちがたむろしている。

三人だった。『目白アビタシオン』の前だ。

「右近亜希のマンションの前を抜けて、車を脇道に入れてくれ」

刈谷は堀に指示した。堀が小さくうなずき、スカイラインを『目白アビタシオン』の五十メートルほど先の裏通りの路肩に寄せた。

「柄の悪い奴らは、郷原組の若い者《もん》たちだと思います。知った顔はなかったから、まだ準構成員かもしれないな。どっちにしても、あいつらは友利をガードしてるんすよ」

「ということは、友利は新しい愛人《レコ》の自宅にいるわけかな」

「それは間違いないっすよ」

「堀、そう思うのは早計かもしれないぞ」

「え？」

「友利はクラブ歌手の自宅マンションに身を潜めると見せかけ、実は別の場所にいるとも考えられるからな」

「そこまで手の込んだことはやらないでしょ？」

「いや、わからないぞ。友利は、おれたちの罠に引っかからなかった。おれたちが警察関係者だと嗅ぎ取ったんじゃないだろうか。あるいは、麻薬取締部の者だと思ってるのかもしれないな」

「右近亜希の自宅マンションにさっきの連中を立たせてるのは、カムフラージュなんじゃないかってことですね？」

「その疑いはあるな」

「主任、三人の男は丸腰じゃないでしょ？　刃物か、拳銃を隠し持ってると思われます。職務質問《バン》かけて、連中を銃刀法違反で現行犯逮捕すると威《おど》しをかけるっすか。そうすりゃ、嘘の司法取引を持ちかけられるでしょ？」

「その手でいくか」

「了解しました」

「車はここに置いとこう」

刈谷は助手席から出た。堀が運転席を離れる。二人は脇道から表通りに出て、大股で歩いた。

三人の男たちが挑発的な眼差しを向けてくる。

「チンピラが眼飛《ガン》ばしてんじゃないよ」

堀が立ち止まるなり、男たちを怒鳴《どな》りつけた。すると、額に卍《まんじ》の刺青《いれずみ》を入れた男が肩をそびやかして前に出てきた。

「てめえ、どこの筋《すじ》噛んでるんでえ。誠友会《せいゆうかい》か、明神会《みょうじんかい》の使いっ走りかい？」

「モグリだな、おまえは。おれは新宿署の組対課に長くいたんだ」

「刑事《デカ》だって⁉」

「そうだよ。おまえらは郷原組の準構成員みたいだな」

「なめんじゃねえ。おれたちは全員、盃《さかずき》を貰ってらあ。てめえ、偽刑事だな。ふざけやがって」

「こいつを拝ませてやるよ」

堀が懐から警察手帳を取り出し、高く掲《かか》げる。男たちは少しも怯《ひる》まなかった。

「ポリスグッズの店で買った模造警察手帳なんか見せやがって、ふざけんじゃねえ！」

額に彫《ほ》り物をいれた二十六、七歳の男がいきなり立ち、堀に組みついた。

堀が相手を大腰で投げ飛ばす。残りの二人が顔を見合わせ、相前後してダガーナイフを取り出した。両刃のナイフで、チンピラたちがよく護身用に持ち歩いている。

「銃刀法違反だな」

刈谷は警察手帳を短く呈示《ていじ》した。倒れた刺青男が身を起こす。

「本物《モノホン》だったのか」

「三人とも物騒《ぶっそう》な物を足許に置け」

刈谷は男たちを睨みつけた。

ダガーナイフがすぐに歩道に落とされた。刺青で額を飾った男はコートの右ポケットから、キラーナックルを取り出した。

指に嵌める喧嘩道具だ。四つの角張った指輪が連結している。キラーナックルを握ってパンチを繰《く》り出せば、相手の皮膚は深く裂《さ》ける。

「両手を前に出せ！　おまえは公務執行妨害罪だ。仲間の二人は銃刀法違反だな」

堀が刺青の男に言って、腰から手錠を引き抜いた。

「旦那、勘弁してくださいよ。刑事さんに見えなかったんでね。どっから見ても、やくざだもんな」

「うるせえや。三人とも郷原組の者《もん》だなっ」

「そうです」

「舎弟頭補佐の友利に言われて、おまえらはここで固まってたんだろ？」

「えっ、どうして知ってんですか⁉」

「訊かれたことに答えろ！」

「友利さんにそうしてくれって言われたんで、おれたちは朝早くから突っ立ってたんですよ」

「友利は、三〇八号室の愛人《レコ》の部屋にいるんだな？」

「部屋には……」

刺青男が口ごもった。刈谷は堀を手で制した。

「友利は、右近亜希の部屋にはいないのか？」

「はっきりわからねえけど、そうみたいだね」

「愛人《レコ》は自宅にいるんだろ？」

「ええ。さっき亜希さんは一階の集合ポストに朝刊を取りに来たからね、いますよ」

「そうか」

「おれたち、連行されるの？」

「当然だろうが！」

「なんとか見逃してくれませんか、今回だけ。公務執行妨害と銃刀法じゃ、たいした点数稼げないでしょ?」

「まあな。おまえらが協力してくれれば、大目に見てやってもいいよ」

「どう協力すれば、いいんです?」

「郷原組は去年の春から家宅捜索《ガサイレ》をされてないが、薬物《クスリ》の密売を仕切ってる友利が麻薬取締官《マトリ》を抱き込んで手入れの情報を得てるんだなっ」

「おれたちはまだ下っ端だから、そういうことは何も知らねえんだ。な?」

男が仲間の二人に相槌《あいづち》を求めた。仲間たちが、ほぼ同時にうなずく。

「そうかもしれないな。友利が高級鮨店やクラブで接待してる者がいるんじゃないのか?」

「そういえば、友利さんはロングヘアの三十代前半ぐらいの男によく飲み喰いさせてたな。そいつは濃いサングラスをかけてるんだ。ロック・ミュージシャンみたいな感じだけど、そうじゃないだろうね。多分、あいつは麻薬取締官《マトリ》かもしれないな。そんな気がするよ、おれは」

「友利は、そいつにどんなふうに接してた?」

刈谷は畳みかけた。

「一目置いてるっていうか、なんか気を遣《つか》ってる感じだったね。勘定はいつも友利の兄貴が払ってたし、髪の長い男の乗ったタクシーを見送ってたな」

「そうか」

「うちの若頭《カシラ》がオーナーのクラブでも、ロングヘアの男を何度か見たよ。友利さんは、ナンバー1や2のホステスを必ずロングヘアの男のテーブルにつけてた」

刺青男が言った。

正体不明の髪の長い男は、結城航とは考えられないだろうか。麻薬取締官が素顔のままで、暴力団の幹部と二人だけで会食するとは思えない。

手入れの情報を漏らしていた内通者は変装して、友利尚之と接触していたのではないだろうか。

長髪のウイッグは簡単に手に入れられる。色の濃いサングラスで目許を覆《おお》っていれば、鮨職人やクラブホステスに素顔を知られなくても済むだろう。

結城は先輩の誰かの代理人として友利に会い、内偵や家宅捜索の情報を教えていたのではないか。その後、クラブでもてなされていたと思われる。

真の内通者は、直《じか》に友利と会うことは避けているのだろう。自己保身のためだ。情報の漏洩《ろうえい》が表沙汰《おもてざた》になっても、接点の証拠がなければ、言い逃れることはできる。代理人ひとりに罪をなすりつけることも可能だ。

といって、メッセンジャーをすぐに斬《き》る気はないのだろう。だから、代理人に変装させているのではないのか。

刈谷は思考を巡らせた。

「キラーナックルとダガーナイフは押収されてもいいから、おれたち三人を逮捕《パク》らないでくれねえか。友利さんには、あんたらのことは黙ってるよ」

「こっちの質問に正直に答えたら、チンケな犯罪《ヤマ》は見なかったことにしてやろう」

「ありがてえ」

「喜ぶのは、まだ早いな。去年の十一月中旬の夜、能勢昇太という熱血派の麻薬取締官《マトリ》が職安通りで友利の自宅を張り込んでるとき、二人組の男たちに車で連れ去られたんだよ」

「そんな事件があったことは、ぼんやりと憶《おぼ》えてるよ。けど、友利さんは拉致事件には絡んでないんじゃねえの？」

「拉致された麻薬取締官の相棒は近くのコンビニに缶コーヒーを買いに行ってて、あいにく犯人たちを見てないんだ。目撃証言者の話によると、拉致犯の二人は崩れた感じだったらしい。友利が組の若い衆たちに麻薬取締官の能勢を連れ去らせた疑いがあるんだよ」

「本当なの⁉」

「ああ、充分に疑わしいな。拉致された能勢と一緒に張り込んでた麻薬取締官は、友利に手入れの情報を教えてたと考えられないこともないんだ。そいつの名は結城航というんだが、組の兄貴分たちから聞いた記憶は？」

「ないよ、一度も」

刺青男が即答した。仲間の二人も首を振る。空とぼけているようには見えない。

「去年十二月五日の早朝、歌舞伎町の商業ビル建設予定地で女の扼殺体が発見されたんだが、その事件のことも知ってるな？」

刈谷は、刺青で額を飾っている男に訊《たず》ねた。

「殺された女はネイルサロンを経営してたんだよね。元ショーダンサーで、両耳と唇を削がれてたんでしょ？」

「そうだ。被害者は、拉致された能勢の行方を追ってたんだよ。彼女はある理由があって、麻薬の密売をやってる連中をすごく憎んでた。覚醒剤《シャブ》を扱ってる郷原組の周辺も調べ回ってたにちがいない」

「その事件にも、友利さんが関与してるわけ⁉」

「ああ。組の誰かから、扼殺事件について何か聞いたことは？」

「おれらは何も知らないよ」

刺青の男が言って、またもや二人の仲間に目をやった。仲間たちが小さく顎を引いた。

「三人とも運転免許証を出せ！」

堀が命じた。

男たちが素直に従う。堀が三人の氏名、生年月日、現住所を手帳に書き留《と》める。少し前に手錠はサックに戻していた。

「友利はもちろん、組の誰にも自分らのことを話すなよ。喋ったら、三人とも逮捕することになるぞ」

「わかってる。いや、わかってますよ」

「キラーナックルと二本のダガーナイフは押収するからな」

「いいですよ」

刺青のある男が答えた。堀が運転免許証を三人に返し、押収品を拾い集めた。

「消える前に、もう少し教えてくれ」

刈谷は刺青男を見据えた。

「何が知りたいのかな？」

「友利は、一年ぐらい前までレースクイーンだった折笠茉利花を情婦《おんな》にしてたんだろ？」

「そうなんだけど、新しい彼女ができたんで……」

「元レースクイーンは棄《す》てられたのか？」

「そういうことになるんだろうけど、まだ茉利花さんに月に五十万の手当を振り込んでやって沼袋の借家の家賃を払ってるみたいだね」

「元レースクイーンに未練があって、友利は内縁の妻や愛人に内緒で沼袋の借家にこっそり通ってるんだろうか」

「そのへんのことはよくわからないけどさ、そうじゃないみたいだよ。組の先輩たちの話だと、茉利花さんにはもう別の彼氏がいるらしいんだ。ロングヘアで、ロック・ミュージシャンみたいな三十歳前後の男だってさ。そいつは、いつもサングラスをかけてるんだって言ってたな。あっ、そいつは……」

「友利が接待してた人物みたいだな」

「うん、そうだね。友利さんは髪の長い男にいろいろ世話になってるんで、茉利花さんをセックスペットとして譲ってやったのかもしれねえな。亜希さんに心が移ってたんで、別に惜しくはなかったんじゃないの？」

「多分、そういうことなんだろうな。友利は手入れの情報を流してもらってるんで、礼として接待しまくり、自分の以前の愛人を譲ったんだろう。そう考えれば、いまも折笠茉利花に手当をやって、家賃を払いつづけてることの説明がつく」

「けど、ロングヘアの麻薬取締官《マトリ》なんかいないんじゃねえのかな」

「謎の男は長髪のウイッグを被《かぶ》って友利に会ったり、元レースクイーンの許《もと》に通ってるんだろう」

「そっか、鬘《かつら》を被ってたのかもしれねえな」

「いまの愛人の右近亜希なら、友利の潜伏先を知ってそうだな」

「さあ、どうなんだろうね。おれは、なんとも言えねえよ」

「おまえら、もう消えてもいいぞ」

「おれたちがドジ踏んだこと、亜希さんや友利さんには黙っててほしいんだよ。そうじゃないと、おれたち三人は郷原組にいられなくなっちゃうからさ」

「おまえらは捨て身で生きてないようだから、やくざには向かない。いっそ足を洗って、堅気になったほうがいいな」

「でもね、おれたちは三人とも高一で中退しちゃったんだよな。家が貧しいんで、ラーメン屋も開けない。いい車に乗ってマブい女をゲットするには、やくざでのし上がるしかないでしょ？」

「そう本気で思ってるんだったら、好きなように生きればいいさ。何年後かには、塀《へい》の中で悔やむことになるだろうがな」

「せっかくだけど、ご意見無用だよ。おれたちは、もう突っ走りはじめちゃったんだから」

刺青男は刈谷に言って、二人の仲間に顎をしゃくった。三人は小走りに走り去った。

「卍の刺青は二十六歳でしたが、残りの二人は二十四と二十五っすよ。まだ充分にやり直せる年齢なんすけどね」

堀が言った。

「ま、仕方ないさ」

「主任、どうしましょう？」

「友利が愛人の部屋にいないことは確かなんだろう。しかし、右近亜希と友利はそのうち接触すると思うよ。亜希に作り話をして、マンションの外に呼び出そう」

「張り込んで、友利の愛人《レコ》が外出したら、尾《つ》けるんですね？」

「そういうことだ。もう堀も確信を深めただろうが、長髪のウイッグを被って友利と会ったり元レースクイーンの自宅に通ってるのは結城航にちがいない」

「そう考えられるっすね。内通の主犯格は、先輩の麻薬取締官《マトリ》なんでしょう」

「だろうな。おれが右近亜希を表に誘い出すよ」

刈谷は『目白アビタシオン』のアプローチをたどり、集合インターフォンの前に立った。

　テンキーに手を伸ばし、三〇八号室の番号を押す。少し待つと、しっとりとした女性の声がスピーカーから洩れてきた。

「どちらさまでしょう？」

「右近亜希さんですね」

「はい。あなたは？」

「友利さんの代理の者で、山崎《やまざき》といいます」

　刈谷は、ありふれた姓を騙《かた》った。

「それで、ご用件は？」

「友利さんに頼まれて、少しまとまった現金を届けにきました。後日、必要な物を買い揃えて隠《かく》れ家《が》に持ってきてもらいたいようですね。札束と買物リストを預かってきたんです。それを右近さんに直接お渡ししたいんで、マンションの前まで出てきてもらえます？」

「わかりました。すぐ部屋を出ます。山崎さんはどのような服装をされてるんでしょう？」

「こちらから、お声をかけますよ」

「そうですか。では、ただいま……」

亜希の声が途切《とぎ》れた。

刈谷は口許を緩め、堀と一緒にアプローチを逆にたどりはじめた。マンションのアプローチからは死角になる場所に隠れ、刈谷たちは待った。

数分経《た》つと、二十代後半の色っぽい女性がアプローチから走り出てきた。右近亜希にちがいない。

彼女はあたりを見回し、首を捻《ひね》った。

「右近さん、こちらですよ」

刈谷は大声で呼びかけた。色香を漂わせた女性が駆け寄ってくる。やはり、友利が入れ揚げている愛人だった。

「迂回《うかい》して車に乗り込んだら、マンションの前で張り込みだ。堀、ひとまず姿を隠すんだ。走れ！」

刈谷は全速力で疾駆《しっく》しはじめた。

4

残照が弱々しい。

間もなく陽《ひ》が沈み、夕闇が濃くなるだろう。午後四時過ぎだった。

刈谷たちコンビは、『目白アビタシオン』の斜め前で張り込んでいた。スカイラインの中だ。

同じ姿勢で長いこと坐っているせいか、全身の筋肉が強張《こわば》りはじめていた。運転席の堀刑事は、幾度も生欠伸《なまあくび》を嚙《か》み殺した。

「右近亜希は動きださないな。おれの狙いは外れたのかもしれない」

刈谷は呟いた。

「主任、まだわかんないすよ。友利の愛人《レコ》はパトロンの代理人と称する人物が急に訪れたんで、警戒心を抱いたんでしょう」

「おれは、クラブ歌手がそういう心理になるように仕向けたんだよ。警察の手が伸びてきたと感じた亜希が友利の潜伏先に向かって、逃亡の手助けをするんじゃないかと推測したんだ。しかし、裏目に出たのかもしれないな」

「読みが外れたことが確認できたら、沼袋の折笠茉利花の家《ヤサ》に行ってみましょうか。その可能性は低いと思うっすけど、案外、友利は元レースクイーンの自宅に隠れてるかもしれないっすから」

「そうだな」

話が中断した。それから間もなく、刈谷の刑事用携帯電話《ポリスモード》が着信した。ポリスモードを取り出す。電話をかけてきたのは西浦律子だった。

「結城が気になる動きを見せたんですか？」

刈谷は訊いた。

「うん、ちょっとね。いま結城は新しい相棒の堤仁《つつみひとし》って四十三歳の麻薬取締官と一緒に六本木で聞き込み中なんだけど、熱心に職務を果たしてるようには見えないのよ」

「そうなんですか」

「二人はちょくちょくカフェで一息入れたり、パチンコ屋で時間を潰してるの。それからね、結城と堤は昼食に五千円もするフィレステーキを食べたのよ、高級レストランでね」

「支払いは？」

「堤が二人分の勘定を払ったわ。いつも結城に奢《おご》ってるんじゃないのかな。そんな感じだったわね」

「結城は恐縮してる感じでした？」

「ううん、そういう様子はまったく見せなかったわ。奢られるのは当然と思ってるような様子だったな」

「そうですか」

「あっ、肝心なことが後回しになっちゃったわ。堤は中目黒の事務所を出たときはカシオのデジタル腕時計を嵌めてたんだけど、レストランに入るときはパテックフィリップだったの」

「超高級腕時計だな。結城はどうでした？」

「聞き込みを開始したときは、オーディマ・ピゲを光らせてたわ」

「バッタ物じゃないんだろうな」

「ええ、どっちも正規品だと思うわ。公務員が自前で超高級腕時計なんか購入できるわけないわよね？」

「そうですね。暴力団に手入れの情報を流してる内通者グループの主犯格は、その堤って男なんではないんだろうか」

「奈穂もわたしも、そう睨んだの。結城は堤のメッセンジャーとして、郷原組の友利と接触してたんじゃない？」

律子が言った。

「そうなのかもしれませんね」

「刈谷ちゃん、新津隊長経由で日垣警部に堤仁のことをちょっと調べてもらったら?」

「そうします」

「友利の潜伏先は突きとめられそう?」

「もう少し時間がかかりそうですがね」

刈谷は経過をかいつまんで話した。

「なかなか友利の隠れ家が見つからないようだったら、反則技を使っちゃいなよ。大久保の自宅マンションに忍び込めば、内通者が誰だかわかるんじゃない?」

「おそらく友利は、身を隠す前に不利になるものは全部持ち出してるにちがいありませんし」

「そっか。そうなら、クラブ歌手の右近亜希を張りつづけるべきだろうね。そのうち、亜希は友利の潜伏先に行くと思うわ」

「そうしてくれるといいんですが……」

「わたしたち二人は、引きつづき堤と結城の動きを探るわ」

シングルマザー刑事が電話を切った。

刈谷は律子の報告内容を堀に教え、新津隊長に電話をかけた。ツーコールで、通話可能状態になった。

「隊長、日垣警部に調べてもらいたい人物がいるんですよ」

「それは誰なのかな」

「現在、結城とコンビを組んでる麻薬取締官《マトリ》の堤仁です。四十過ぎのベテランだそうですよ」

「何か不審な点があるんだね？」

新津が訊いた。刈谷は、律子から聞いた話をそのまま伝えた。

「堤という奴は超高級腕時計を嵌め、昼飯に高いステーキを喰ってたのか。平凡な勤め人や公務員はたいてい千円以下の昼食を摂《と》ってる。ワンコインで済ませてる者だって、少なくない」

「ええ、そうですね。郷原組に内偵や手入れの情報を流している内通者の親玉は、堤仁だったのかもしれません。堤は自分が動くと弁解ができないと考え、結城をメッセンジャーとして使う気になったんではないのかな。結城は友利にもてなされて、下剋上《げこくじょう》の歓《よろこ》びを覚えたんで黒い関係をずるずるとつづけることになったんでしょう」

「ああ、そうなんだろうな」

「友利のかつての情婦《おんな》だった元レースクイーンをセックスペットに与えられたんで、腐れ縁を切れなくなったんでしょう」

「結城も堤という男も恥知らずだな。裏切り者の烙印《らくいん》は死ぬまで消えないだろう。金と女の魔力に克《か》てなかったんだろうが、それこそ愚か者だ」

「ええ、救いようのない奴らですね」

「署長室に行って、すぐ日垣君に動いてもらうよ」

新津隊長が通話を切り上げた。

刈谷はポリスモードを懐に収め、『目白アビタシオン』に目を注《そそ》いだ。

「右近亜希はクラブの専属歌手なんすかね？　それとも、何軒かの店で順ぐりに歌ってるのかな」

「どちらにしても、日曜日と祝日以外はどこかの店のステージに立ってるんだろう」

「主任、亜希は現在、休業中なのかもしれないですよ。友利は新しい愛人《レコ》を大事にしてるんじゃないっすか。で、たっぷり月々の手当を与えて、当分、仕事はするなと言い渡してあるのかもしれないですよ」

「ああ、考えられないことじゃないな。そうだとしたら、亜希は深夜にでも友利の潜伏先に行くかもしれないぞ。尾行されてるかどうかをチェックしながらな」

「そうなってほしいですね」

堀が言って、また欠伸を噛み殺した。

それから十数分後、『目白アビタシオン』の真ん前に黒いカローラが横づけされた。ナンバープレートの数字の上に〝わ〟という平仮名が見える。レンタカーだ。

カローラの運転席のドアが押し開けられた。降りたのは柊展人だった。

「車を降りたのは柊っすよね？」

堀が驚きの声をあげた。

「ああ、そうだな」

「柊は、能勢を拉致させたのは友利尚之だという証拠を摑んだんすかね。それで、自分たちと同じように友利の居所を突きとめる気なのかな」

「そうなんだろう」

「やたら人を疑うのはよくないことですけど、主任、柊が巧《たく》みに芝居をしてるという疑いはゼロっすかね？」

「手入れの情報を郷原組に流してたのは、実は柊だった。柊はそのことを糊塗《こと》したくて、能勢の行方を追ってる振りをしてるんではないか。堀は、そう疑ってるんだな？」

「そうは考えられないですか？」

「柊が組事務所から出てきた滝沢直久を脇道に連れ込んで、片方の腿《もも》を果物ナイフで刺したよな？」

「ええ、そうでしたね」

「あのとき、柊は殺意を漲《みなぎ》らせてたように感じた。場合によっては、滝沢を殺《や》ってもいいと思ってたんじゃないだろうか」

「そこまで殺気立ってるようには見えませんでした、自分の目にはね。だからといって、柊が疑われないよう小細工を弄《ろう》したようでもなかったっすけど」

「柊展人は急に退職したんで、内通者だったのではないかと怪しまれても仕方ないだろう。しかし、彼が後輩の能勢を高く評価してることは事実と思ってもいいだろうな」

「自分、意地の悪い見方をしちゃいましたね。主任が言ったように、柊展人は情報の漏洩には関与してないんでしょう」

「おれは、そう思ってる」

刈谷は部下に言って、柊を目で追った。柊は少し迷ってから、『目白アビタシオン』の表玄関に向かった。

亜希の部屋のインターフォンを鳴らし、友利尚之の隠れ家を聞き出す気なのではないか。

　予想通り、柊はテンキーを三回押した。インターフォン越しに部屋の主と短い遣《や》り取《と》りをすると、彼は集合インターフォンから離れた。

「おまえは車の中で待っててくれ。おれは、ちょっと探りを入れてくる」

　刈谷は堀に言って、スカイラインを降りた。マンションの石畳の前に立つ。アプローチを歩いてくる柊が足を止めた。

「あんたたちが張り込んでたのか。滝沢の件では、借りをこしらえてしまったな」

「柊さんは何か危《ヤバ》いことをしたんですか？」

「俠気《おとこぎ》があるんだな。いつか借りは必ず返す」

「そんなことより、三〇八号室に住んでる右近亜希から友利の潜伏先を聞き出そうとしたんでしょ？」

「図星だよ。友利の旧友になりすましたんだが、怪しまれたみたいだ。亜希は友利がスマホの電源を切りっ放しにしてるんで、まったく連絡が取れないと言ってた。居所も見当がつかないと言ってたよ」

「柊さんは、友利の愛人の話を信じたわけじゃないんでしょ？」

「まあね。友利の彼女が自宅にいるかどうか確かめたかったんだ。外出したら……」

「レンタカーで、亜希を尾行する気だったんでしょ？」

「そうなんだが、あんたたちと鉢合わせしたわけだから、おれは退散する」

「本当にそうしてくださいね」

「ああ」

「柊さん、能勢さんが拉致された後、結城さんの相棒になった堤仁さんという麻薬取締官のことを教えてもらえます？」

「堤さんが疑われてるのか!?」

「金回りがいいようなんで、少し気になったんですよ。郷原組に内偵や手入れの情報を流してはいないんでしょうがね」

「堤さんは、おれや能勢が目標にしてた先輩なんだ。体を張って麻薬密売人を次々に検挙してたが、手柄を独り占めにすることは一度もなかった。手柄をよくドジな後輩たちに譲ってたよ」

「そういう親分肌なら、後輩たちに慕われてるんでしょうね」

「以前は、そうだったな。香田課長よりも若い連中に頼られてたよ。バツイチで家で待つ妻子もいないんで、堤さんは部下たちを引き連れて毎晩のように飲み歩いてたんだ。しかし……」

「堤さんの身に何か起こったんですね？」

刈谷は訊《たず》ねた。

「職場に密告電話があったんだよ。堤さんが押収品の覚醒剤を保管庫から盗み出し、それを地方の暴力団に売り捌いて遊興費に充《あ》ててるという密告内容だったそうだ」

「その密告電話を受けたのは、誰だったんです？」

「香田課長だよ。課長も堤さんの仕事ぶりと人柄を高く評価してたんで、その密告《チクリ》を無視してたそうだ。しかし、その後も同じ内容の密告電話が何度もかかってきたんで、無視できなくなったんだろう」

「そうなんでしょうね」

「それで、おれと能勢は香田課長に呼ばれて、堤さんの動きをチェックしてくれと命じられたんだ。おれたち二人はお手本にしてた先輩を疑うようなことをしたくなかったんだが、堤さんを監視するようになったんだよ」

「対象者《マルタイ》に怪しい動きは？」

「それはなかったんだ。ただね、堤さんの机の最下段の引き出しの奥に押収品の覚醒剤が仕舞われてた。三キロ入りの袋だったよ。純度の高い極上覚醒剤《マブネタ》だったから、一億数千万円で売れる代物《しろもの》だった」

「引き出しに鍵はあったんですか？」

「ああ、鍵の付いた引き出しだよ。引き出しの鍵は各自が持ち歩いてたんだ。堤さん自身が三キロ袋を押収品保管庫から盗《ギ》って、自席の引き出しに隠したと思われる」

「柊さん、ちょっと待ってください。机の引き出しは電子ロックになってるわけじゃありませんよね？」

「ごく普通のロックだよ」

「それなら、ピッキング道具で簡単にロックを解除できると思います」

「そうだろうね。ただささ、三キロ袋には堤さんの指掌紋しか付着してなかったんだよ。押収先の組員たちの指紋や掌紋は採取できたんだがね」

柊が答えた。

「となると、堤仁さんが三キロ袋をくすねて自分の机の引き出しにいったん収め、後日、職場から持ち出して……」

「換金する気だったのかもしれないな。おれと能勢は三キロ袋のことを香田課長に報告する前に堤さんに問い質《ただ》したんだ」

「堤さんの反応はどうでした？」

「まったく身に覚えがないと怒って、おれたち二人に疑われたことが悲しいし、悔しいと呟いたんだ。おれと能勢は謝ったんだが、堤さんは後輩の二人が心から詫《わ》びてないと感じ取ったんだろうな」

「そうなんですかね」

「堤さんはおれたち二人と明らかに距離を置くようになって、ほかの同僚たちとも徐々に遠ざかるようになってしまったんだ。多分、面倒を見てきた後輩たちに泥棒扱いされたことがショックで、腹立たしかったんだろうな。堤さんが人間不信に陥っても、仕方ないと思うよ」

「柊さんと能勢さんは、問題の三キロ袋のことを香田課長に報告したんですか？」

「能勢と相談して、三キロ袋の指掌紋をきれいに拭い取り、こっそり押収品保管庫に戻しておいたんだ」

「つまり、堤さんの言い分を信じたんですね？」

「そういうことになるね。香田課長には、密告電話の件は事実無根だと報告したんだ。課長は、自分も堤仁は潔白だと信じてると言ってた。それで、おれたち二人を犒《ねぎら》って高級四《し》川《せん》料理をご馳走してくれたんだ」

「そうですか。能勢さんが何者かに車で連れ去られてから、堤さんは結城航さんとコンビを組むようになったんでしょ？」

「そう聞いてる」

「堤さんは、相棒になった結城さんにも心を開いてないいんだろうか」

刈谷は誘い水を撒《ま》いた。

「退職してからのことはよくわからないが、堤さんは妙な疑いを持たれてからは孤立していた感じだったよ。おそらく結城との間にも壁を築いてたんじゃないのかな」

「まだ裏付《ウラ》けは取れてないいんですが、堤さんと結城さんのコンビ仲は悪くないという証言もあるんですよ」

「それは意外だな。何かの間違いじゃないのか？」

柊が不思議がった。

「堤さんが若い結城さんをかわいがって、昼飯に高いフィレステーキを奢ってるって話も耳に入ってるんですよ。堤さんは金回りがいいみたいで、スイス製の超高級腕時計を嵌めて聞き込みをしてるらしいんです」

「嘘だろ⁉」

「情報屋は信頼できる筋なんですよ。そういえば、結城さんも休日のときはオーディマ・ピゲをしてたな。本人は偽ブランド品なんだと恥ずかしそうに言ってましたがね」

「ああ、そういう話だったたな」

「柊さん、オーディマ・ピゲは本物かもしれないんです。職場の同僚は知らない方が多いようですが、結城さんは自宅マンションの近くに月極駐車場を借りてドルフィンカラーのＢＭＷを乗り回してるんですよ。３シリーズですが、新車なら四百万以上はするでしょ？」

「結城がそんなリッチな生活をしてるとは驚いたな。堤さんが超高級腕時計をして、相棒の結城に高いフィレステーキを奢ってるという話も信じられないね。堤さんはもともと気前がいい先輩だったが、そんなふうだったんで、貯えはあまりなかったはずなんだ」

「後輩たちが憧れてた堤さんのイメージダウンになりますが、人間不信になったことで生き方を変えたとは考えられませんかね？」

「堤さんが悪魔に魂を売って押収品保管庫から極上の覚醒剤を持ち出し、それをどこかの組織に売ってたんじゃないかと疑ってるのか!?」

「そういう犯行《ヤマ》は発覚しやすいんで、やってないでしょう。しかし、内偵や手入れに関する情報を闇社会に流すことは意外にバレにくいんじゃないですか。自分は暴力団関係者とは絶対にダイレクトには接触しないで、メッセンジャーを使えば、とりあえず捜査圏外にはいられます。共犯者というか、使い走りの者が黒幕の名を白状したら、一巻の終わりですがね」

「あんたは、堤さんが結城を使って、郷原組の友利に内偵や手入れの情報を教えてたんじゃないかと疑ってるようだな」

「そういうことは考えられませんか。結城さんが友利に高級クラブで接待されてるのは確かなことみたいなんです」

「なんだって⁉」

「それだけではありません。友利は、かつて世話をしてた元レースクイーンの折笠茉利花をセックスペットとして結城航さんに譲ったようなんです。結城さんは長髪のウイッグを被って、沼袋にある折笠宅にちょくちょく通ってるようですよ」

「そんな話、信じられない。結城は、まだベテランの麻薬取締官じゃない。若手にそこまでサービスする暴力団の幹部がいるわけないよ」

「確かに柊さんのおっしゃる通りですが、主犯格をぼかす必要があったんでしょう」

「それだから、結城が単独で郷原組に手入れの情報を流してると見せかけてる？」

「ええ、もしかしたらね」

「堤さんは金に目が眩《くら》んで裏切り行為に走るようなことはしないよ、絶対にな」

「堤さんは金銭欲に負けたんではないでしょう。結城さんを使い走りにして郷原組に手入れの情報を流してたとしたら、一種の復讐なんだと思います」

「復讐だって⁉」

柊が声を裏返らせた。

「ええ、そうです。堤さんは濡衣《ぬれぎぬ》を着せられそうになったんです。一時的とはいえ、香田課長は密告者の話を真に受け、あなたと能勢さんに堤さんのことを洗えと指示したんですよね？」

「そう」

「堤さんは上司や同僚たちに疑われたことを察して、職場のみんなを困らせてやろうと思いついたのかもしれません。やくざに手入れの情報を教えたのは、報復だったんじゃないのかな」

「あんたの推測にはうなずけないな。本当のスパイが堤さんと結城を陥れようと画策したんだろう」

「そうなんでしょうか」

刈谷は口を結んだ。

「おれが真の内通者を割り出し、能勢の安否を確かめる」

「あなたが動くのは危険ですよ」

「忠告は一応、聴いておく」

柊が硬い声で言って、カローラに乗り込んだ。レンタカーは急発進した。
刈谷は首を竦《すく》め、覆面パトカーに足を向けた。

第四章　迷走誘導の気配

1

粘った甲斐《かい》があった。

『目白アビタシオン』の地下駐車場から、赤いフォルクスワーゲンが走り出てきた。

運転しているのは右近亜希だった。午後八時を数分回っていた。

「尾行してくれ」

刈谷は部下の堀に指示した。堀は亜希の車が遠のいてから、スカイラインを走らせはじめた。

フォルクスワーゲンは目白通りに出て、山手《やまて》通りに向かっている。

「友利の潜伏先に行ってくれると、ありがたいんですけどね」

「中野や杉並あたりに気の利いたクラブはないだろうから、赤い車は友利の隠れ家をめざしてるんじゃないか」

「そうですかね。主任、友利はポケットピストルを持ってるんじゃないっすか？」

「ああ、持ってそうだな。武闘派やくざは刑事《デカ》にも平気で発砲してくるだろう。友利が撃ってきたら、堀、迷うことなく反撃しろ」

「そうします。もちろん急所は狙わないいっすけど、弾道が逸《そ》れて顔面や胸部に命中しちゃうかもしれないいな」

「そうなっても仕方ない。れっきとした正当防衛なんだから、ためらうことなく撃て。堀、いいな？」

「わかりました」

堀が運転に専念しはじめた。

フォルクスワーゲンは山手通りを右折し、池袋方面に向かった。スカイラインも右に曲がった。

そのとき、日垣警部から刈谷に電話がかかってきた。

「連絡が遅くなって、申し訳ない。堤仁に関する情報を少し集めたよ。対象者は私生活に特に乱れはなかったな。八年前から借りてる大岡山《おおおかやま》の旧《ふる》い賃貸マンションに住んでるし、生活が急に派手になったという入居者の証言はなかったんだ」

「そうですか」

「金回りがいいどころか、堤は同郷の旧友に二百万円を借りてた。その友人は生保会社に勤務してる原口《はらぐち》という男なんだが、借用証と引き換えに堤に金を渡したそうだよ」

「金の遣《つか》い道について、堤はどんなふうに言ってました？」

刈谷は訊《き》いた。

「ある目的のため、どうしても高級腕時計を嵌める必要があると語ってたらしいよ。原口という旧友は堤がいい加減な人間じゃないことを知ってるんで、二百万円を貸したと言ってた。何か思い当たるかな？」

「堤は暴力団関係者と繋がってるように周囲の者たちに思わせて、自ら身の潔白を証明しようと考えてるようですね」

「どういうことなんだろう？　差し障《さわ》りがなかったら、もう少し詳しいことを教えてもらえないか」

日垣が言った。刈谷は、柊展人から聞いた話を喋った。

「押収した三キロの極上物の覚醒剤をくすねたと疑われたら、それは自らの身の潔白を証明したくなるよね？」

「ええ、当然でしょう」

「職場の誰かが、堤仁を陥れようとしたことは間違いなさそうだな。部外者が押収品保管庫に出入りすることは、まず不可能だ」

「ええ、そうですね。郷原組に内偵や手入れの情報を流してる人間が、堤仁は暴力団と不適切なつき合いをしてるとフレームアップしたかったんだと思います」

「堤仁は、卑劣な同僚にすでに見当がついてるんだろうか」

「まだ見当はついていないんでしょうね。それだから、高級腕時計を嵌めて裏社会の連中と繋がってるように見せかけ、郷原組と黒い関係にある結城航を油断させてるんじゃないのかな」

「多分、そうなんだろうね。堤仁は自分を陥れようとした人物が結城を使って郷原組に情報を提供してるだけではなく、能勢昇太の拉致に関わってるかもしれないと筋を読んでるんだろうか」

「それだけではなく、能勢の行方を追ってた池内美由紀の事件にも絡んでると推測してるとも考えられますね」

「そうなのかもしれないな。わたしにできることがあったら、いつでも遠慮なく声をかけてくれないか」

日垣がそう言い、電話を切った。

刈谷はポリスモードを懐に戻し、堀に日垣が集めてくれた情報を伝えた。亜希の車は山手通りを直進しつづけている。

「旧友に二百万借りてパテックフィリップを買ったんなら、堤仁は押収品の麻薬をかっぱらって換金なんかしてないでしょうね」

「柊さんが言ってたように、堤は汚いことをやる人物じゃないんだろう。結城に高いフィレステーキを奢ったのは、覚醒剤《ギ》を盗って売り捌《さば》いてると思わせる芝居だったにちがいないよ」

「そうなんだと思いますね」

堀が口を閉じた。

フォルクスワーゲンは西武池袋線椎名町《しいなまち》駅の脇を走り抜けると、左に折れた。長崎《ながさき》一丁目の住宅街を突っ切り、八階建ての白っぽいマンスリーマンションの前で停まった。すぐにライトが消され、エンジンも切られた。

「友利は、このマンスリーマンションに潜伏してたんですね。家具や冷蔵庫付きで、当面の暮らしには困らないから割にこの種のリースマンションは人気があるみたいっすよ」

堀が言いながら、覆面パトカーを赤いドイツ車の数十メートル後方の暗がりに寄せた。

「右近亜希と同じエレベーターに乗り込んで、彼女が入る部屋をまず確認する。しばらく経《た》ってから、マンション管理会社の者になりすまして部屋に上がり込む。堀、そういう段取りだからな」

「了解っす」

「友利の愛人《レコ》が建物の中に入ったら、すぐに車を降りよう」

刈谷はシートベルトを外した。堀も降りる準備をする。

亜希がフォルクスワーゲンを出て、マンスリーマンションの中に入った。刈谷たち二人はスカイラインを出て、亜希の後を追った。エントランスロビーに飛び込み、エレベーターホールに走る。

亜希は、もう函《ケージ》に入っていた。刈谷たちは同じケージに乗り込んだ。六階のボタンが赤く灯《とも》っている。

刈谷は八階のボタンを押した。エレベーターの扉が閉まり、ケージが上昇しはじめた。亜希の体から香水の甘い匂いが漂ってくる。

エレベーターが停止した。

亜希が軽く頭を下げ、ケージから出た。刈谷たちは扉を押さえ、いったんエレベーターホールに降りた。

首を突き出し、歩廊をうかがう。亜希は六〇七号室の前にたたずんでいた。刈谷たちは最上階まで昇り、すぐさま六階に戻った。歩廊は無人だった。

刈谷たちコンビは静かに進み、六〇七号室の前で立ち止まった。

オフホワイトのドアに耳を近づけると、男女の話し声が響いてきた。男は友利尚之だった。

「山崎って名乗った野郎は刑事だろう。その後に亜希の部屋にやってきた奴は、おそらく麻薬取締官《マトリ》だと思うよ」

「結城って男が同僚たちに怪しまれてるんじゃない？」

「かもしれねえな」

「結城とは当分、会わないほうがいいと思うわ。ドラッグ・ビジネスでヘマをやったら、あなた、舎弟頭補佐ではいられなくなるんじゃない？」

「なんとか手を打つから、亜希は心配するなって。それより、シャワーを浴びてこいや。おれは少し前に風呂に入って、大事なとこをきれいに洗っといた」

「いやねえ。わたしも来る前にシャワーを浴びてきたの」

「だったら、すぐナニしよう」

「ムードがないんだから」

「早く亜希を抱きてえんだよ」

「せっかちね」

亜希が艶《つや》っぽい声で言い、含み笑いをした。

友利が亜希を抱き寄せる気配が伝わってきた。激しく唇を吸い合う音が生々しい。

二人はひとしきりディープキスを交わすと、ベッドに身を横たえたようだ。

「マンション管理会社の者に化けて、ドアをノックするか」

刈谷は小声で堀に言った。

「もう少し経《た》ってから、ピッキング道具で侵入したほうがいいんじゃないですか。行為中だったら、友利は隙《すき》だらけのはずっすから」

「そのほうがよさそうだな」

二人はエレベーターホールに引き返し、十五分ほど時間を遣《や》り過ごした。ふたたび六〇七号室の前に立つ。

刈谷は白い布手袋を両手に嵌めてから、ピッキング道具を用《もち》いて解錠した。ドアを細く開け、先に入室する。堀も部屋に足を踏み入れた。

間取りは1LDKだった。

居間にはコンパクトなソファセットが置かれ、ダイニングキッチンには洒落《しゃれ》た食堂セットが据《す》えてあった。右側にある寝室のドアから、女のなまめかしい呻き声が洩れてくる。友利の荒い息遣いも聞こえた。

刈谷は寝室のドア・ノブをゆっくりと回した。

ドアを細く開けると、背中に昇《のぼ》り龍《りゅう》の刺青を入れた友利の背中が見えた。一糸もまとっていない。体は筋肉質だ。

全裸の亜希は、ベッドの上で獣の姿勢をとっていた。両膝立ちの友利は後背位で交わり、右手で亜希の乳房を揉んでいた。左手で、陰核《クリトリス》を愛撫しているようだ。

「このまま連続して三回エクスタシーに達したら、亜希にバーキンのバッグを買ってやるよ」

「ほんとに?」

「ああ」

「ね、乳首とクリちゃんをもっとかわいがって。そしたら、わたし……」

「イキまくれそうか?」

「うん。ね、いやらしいことをたくさん言って」

亜希が切迫《せっぱく》した声でせがみ、烈《はげ》しく白い腰をくねらせはじめた。ベッドマットが弾み、友利の律動《りつどう》も速《はや》くなった。湿った摩擦音が高まる。

「野暮は承知だ。勘弁してくれ」

刈谷は大声で言って、寝室のドアを荒っぽく押し開けた。友利が結合したまま、大きく振り返った。

「てめえら、どっから入りやがったんだっ」

「玄関、ロックされてなかったよ」

「そんなはずねえ。亜希が、おれの情婦《おんな》がちゃんとシリンダー錠を倒したんだ。ピッキング道具を使ったな。そうだろっ」

「そう疑うなら、一一〇番しろよ。通報したくてもできないか。そっちは、郷原組の麻薬密売の責任者なんだからな」

「てめえ、何者なんでえ？」

「身許調べにはつき合えない。とりあえず、友利、愛人《レコ》と離れろ」

「ナニの最中なんだ。気持ちいいことは途中でやめたくねえな」

「こっちを怒らせる気なら、仕方ない」

刈谷はホルスターからシグ・ザウエルＰ230ＪＰを引き抜き、セーフティーロックを外した。初弾は薬室に送り込んである。引き金を絞れば、確実に銃弾が放たれる。

「友利、護身拳銃はどこに隠してある？　枕の下か」

堀も拳銃を取り出した。

「おっ、てめえは以前、新宿署の組対課にいた野郎だな。名前までは思い出せねえけど、間違いねえ」

「ポケットピストルはどこにあるんだ？」

「そんな物はどこにも隠してねえよ」

「あなた、離れて！　いつまでも、みっともない姿を晒《さら》していたくないわ」

亜希が友利に言って、前に這《は》い進んだ。すぐに彼女はベッドの下に降り、毛布で熟《う》れた裸身を隠した。

「なんてこった」

友利が舌打ちして、ベッドの上で胡坐《あぐら》をかいた。黒光りしたペニスは半ば萎《な》えている。

「トランクスか、ブリーフを穿《は》け！」

刈谷は銃口を友利に向けた。

友利が仏頂面《ぶっちょうづら》でフローリングから格子柄のトランクスを抓《つま》み上げ、坐ったままの姿勢で下着を身につけた。

「あなた、わたしのランジェリーと服をまとめて拾って」

亜希が友利に頼んだ。友利は面倒臭そうな表情を見せたが、言われた通りにした。亜希が毛布で素肌を覆いながら、ランジェリーからまといはじめた。

「そっちが結城航から内偵や手入れの情報を得てることは、もうわかってる。だから、時間稼ぎをしても無駄だぞ」

刈谷は友利を直視した。

「結城って麻薬取締官《マトリ》がいることは知ってらあ。けど、そいつに鼻薬をきかせたことなんか一度もねえよ」

「ばっくれるつもりなら、一発喰《く》らわせることになるぞ」

「おれは丸腰なんだ。そんな善良な市民をいきなり撃てば、てめえは職を失うぜ。第一、銃声がこのマンションにいる奴に聞こえらあ。そうなったら、正当防衛なんて弁解は通らねえ」

「暴発したことにすりゃ、おれが咎《とが》められることはないだろう」

「てめえ、本当に撃つつもりなのか⁉」

「おい、その枕を取ってくれ」

刈谷は堀に声をかけた。

「枕で銃声を殺《そ》ぐんですね？」

「そうだ。完璧に音を消すことはできないが、それなりに効果はあるだろう」

「でしょうね」

堀が枕を引っ摑んで差し出した。刈谷は長い枕を受け取り、手早く銃身をくるんだ。

「撃たねえでくれ。結城から情報を貰っていたことは認めらあ」

「そっちは高級鮨店やクラブで結城をもてなし、札束も握らせた。だが、スパイは結城だけじゃないはずだ。結城は使いっ走りにすぎない。内通者の親玉は、関東信越厚生局麻薬取締部捜査一課のベテラン取締官なんだな？」

「スパイは結城だけだ。あいつは公務員の俸給じゃ、いい腕時計も高級外車も買えないってぼやいてた。だから、おれはお礼にオーディマ・ピゲとＢＭＷを贈ったんだ。結城は女好きでもある。お気に入りのクラブホステスを宛《あ》てがってもやったな」

「それだけじゃないだろうが？」

「えっ⁉」

「そっちは、前の愛人《レコ》の元レースクイーンの折笠茉利花をセックスペットとして結城に与えた」

「そんなことまで調べ上げやがったのか。まいったな」

「若い取締官にそこまで返礼するのは、ちょいと不自然だな。結城をメッセンジャーとして使ってるのは誰なんだ？　そいつの名を吐いてもらおう」

「結城にバックなんかいねえよ。あいつは金と女に弱いから、大胆に危ない橋を渡って太く短く生きることにしたんだろう。だから、結城は裏切り者になったんだよ」

「友利、腕と脚のどっちを撃ってほしい？」

「てめえ、本気でおれを撃《ハジ》く気になったのか⁉」

友利が顔面を引き攣《つ》らせ、上体を反《そ》らせた。

「彼を撃たないで！　発砲したら、わたし、正当防衛じゃなかったと証言台に立つわよ」

亜希が刈谷に鋭い目を向けてきた。

「美人クラブ歌手は、あまり賢《かしこ》くないな。きみは犯罪者の隠匿《いんとく》に協力したんだ。それだけで罰《ばっ》せられるんだ」

「あっ、そうか」

「手錠を打たれたくなかったら、きみは口を挟むな」

刈谷は亜希に言って、引き金の遊びをぎりぎりまで絞った。

「おれの負けだ。結城を代理人にしてるのは、ベテランの堤仁だよ」

「堤だって⁉」

「ああ、そうだ。堤はなかなか用心深い男で、おれとは数える程度しか会ってくれなかった。その代わり、結城をメッセンジャーにして内偵や手入れの情報をすべて流してくれてる。だからさ、郷原組《うち》は去年の春から一度も摘発されてねえんだ。結城に宝飾腕時計と外車をプレゼントして、昔の情婦《おんな》をセックスペットに提供したのは堤に言われたからなんだ。若い取締官にそこまでサービスする気はなかったんだが、堤仁を怒らせたら、万事休すじゃねえか」

「組の若い者《もん》二人に去年の十一月中旬の夜、能勢昇太を拉致させたな。それから十二月五日の未明、能勢の行方を追ってた池内美由紀を誰かに扼殺させたんじゃないのかっ。能勢は内部のスパイを捜してたようだから、口を塞《ふさ》ぐ必要があったわけだ。とうに殺して、死体は山林に埋めたか、海の底に沈めたんだろうな」

「おい、何を言いだしやがるんだ。おれは内偵や手入れの情報を買ってただけで、拉致や殺人事件にゃ嚙んでねえぞ」

「この期《ご》に及んで、まだそんなことを言ってるのかっ。目をつぶってろ。一発お見舞いしてやる」

「本当だって。堤仁は自分が内通者だってことがバレると危《ヤバ》いんで、ネットの裏サイトで実行犯を見つけて拉致と人殺《コロ》しをやらせたんじゃねえのか」

「結城を使ってたのは、堤仁じゃないようなんだ。そっちは誰かを庇《かば》ってるな。そうなんだろっ」

「誰も庇っちゃいねえよ」

友利は言いながら、一瞬だけ目を逸《そ》らした。

「やっぱり、嘘をついてるな。結城を代理人にしてた奴は誰なんだ?」

「堤だよ。本当だって。逃げねえからさ。トイレに行かせてくれや。さっきから小便を我慢してたんだ」

「もう少し堪《こら》えろ」

「パンツ一丁じゃ、逃げるに逃げられねえだろうがよ!」

「それもそうだな。いいだろう」

刈谷は拳銃を構えたまま、二歩退《さ》がった。

友利が股間に手を当てながら、ベッドから滑り降りた。寝室を出て、玄関ホールの右手にある手洗いに足を向ける。

刈谷は念のため、寝室を出た。

そのとき、友利が急に走りだした。勢いよく部屋を飛び出し、ドアを乱暴に閉めた。

刈谷は自分の迂闊《うかつ》さを呪《のろ》いながら、歩廊に走り出た。友利は非常口の前にいた。エレベーターホールの反対側だ。

友利は非常扉のロックを解除すると、パンツ一丁で踊り場に出た。非常階段を駆け降り、逃走する気になったのだろう。

刈谷は非常口まで一気に駆け、踊り場に立った。夜風が吹きつけてきた。頭髪が乱れる。友利は、早くも四階に達していた。

「止まらないと、撃つぞ」

刈谷は威嚇《いかく》した。

しかし、動く標的は狙いが定めにくい。撃てそうもなかった。

刈谷はシグ・ザウエルＰ230ＪＰを握りながら、階段を急いで降りはじめた。鉄骨のステップを踏む靴音が高く響く。

四階と三階の中間にある踊り場付近で、友利が短い叫び声を発した。どうやら足を踏み外したらしい。ステップを転げ落ちる音が短く聞こえ、友利は、三階の踊り場の手摺《てすり》から宙に舞った。数秒後、鈍い落下音がした。

刈谷は非常階段を一気に降り、昇降口の横に回り込んだ。

友利はコンクリートの上に俯《うつぶ》せに倒れ込んでいる。呼びかけても、応答はなかった。微《び》動《どう》だにしない。

刈谷は屈《かが》み込んで、友利の右手首に触《ふ》れた。

温《ぬく》もりはあったが、脈は打っていなかった。油断したことで、重要な証人を死なせることなってしまった。

刈谷は吐息をつき、静かに立ち上がった。夜空には星ひとつ見えなかった。

2

六階まで駆け上がる。

刈谷は非常扉を開け、六〇七号室に戻った。居間にいた堀が玄関ホールに走ってくる。

拳銃を手にしていた。

「右近亜希はリビングソファに坐らせてます」

「そうか」

「友利は逃《フ》げ《ケ》たんすね？」

「そうだが、死んだよ。非常階段から転落して、昇降口の近くのコンクリートの上に落下したんだ」

刈谷は小声で言った。

「そうなんですか。通報は？」

「してない。右近亜希には、パトロンが死んだことは黙ってよう」

「友利は、結城を動かしてる謎の人物を庇ってるみたいですね。堤仁が黒幕だと言ってたっすけど、ミスリードを狙ったんでしょ？」

堀が声を潜めた。刈谷はうなずき、リビングに歩《ほ》を運んだ。

「彼は逃げきったの？」

亜希が問いかけてきた。

「逃げ足の速い奴だな。しかし、トランクスだけじゃ、遠くまでは逃げられないだろう。物陰に身を潜めてるうちに、凍《こご》え死ぬかもしれない」

「通りかかる車を強引に停めさせ、どこかに逃げると思うわ。彼は強《したた》かなとこがあるから」

「逃げられるかな」

「わたしは、どうなっちゃうの？　捕まるわけ？」

「捜査に協力してくれれば、無罪放免にしてやってもいい」

「協力するわよ、捕まりたくないもの。知ってることはすべて話すわ」

「そうしてくれ。きみは、結城を動かしてる黒幕を知ってるんじゃないのか？　友利は、郷原組に情報を流してる内通者の親玉は堤仁というベテランの取締官だと言ってたが
……」

「わたしも、そう聞いてるわ。彼は、その堤にかなりのお礼をしてるとも言ってたわね。もう一億ぐらいは払ったみたいよ」

「裏切り者は堤じゃないな。友利は、本当の内通者を庇ってるんだろう」

「そうなの？　わたしは、堤と結城の二人の名しか聞いたことはないわ」

「去年の十一月中旬に二人組に拉致された能勢という麻薬取締官のことで何か知ってることは？」

「その男が郷原組と繋がってる麻薬Gメンを突きとめようとしてるという話は、友利さんから聞いたことがあるわ」

「いずれ能勢を始末するようなことは言ってなかったか？」

「ううん、そんなことは言ってなかったわ」

「そう。友利は、女情報屋の池内美由紀が能勢の行方を追って郷原組を怪しんでるようだと洩らしてなかった？」

「そういう話は一度も聞いてないわ。でも……」

亜希が言い澱《よど》んだ。すると、堀が口を開いた。

「隠しごとをしてると、大目に見てやれなくなるよ」

「わかったわ。喋るわよ。友利さんの話によるとね、結城って郷原組だけじゃなく、麻薬ビジネスをやってる不良イラン人グループのボスにも手入れの情報を売ってるんだって」

「そのボスの名は？」

「えーと、確かゴーラムホセイン・アリだったわ。四十三歳で、五、六年前まで渋谷のセンター街でいろんな麻薬《クスリ》を密売してたみたいよ。でも、売人たちが検挙されると、配下の者を錦糸町、上野、池袋、横浜、名古屋に散らせたらしいの。アリは十数人の子飼いを使って、歌舞伎町で主に覚醒剤を二年ほど前から売り捌いてるんだって」

「不良イラン人グループは日本のやくざやチャイニーズ・マフィアに邪魔されて歌舞伎町に根を張れなかったんだが……」

「郷原組はアリのグループからも麻薬《クスリ》を仕入れるようになったんで、縄張り《シマ》の一部を使わせてあげるようになったみたいよ」

「そういうことか。当然、郷原組はアリのグループの収益《アガリ》の上前を撥《は》ねてるんだな」

「でしょうね。何かメリットがなけりゃ、場所《ショバ》は貸さないでしょ？」

「そうだな」

「友利さんは、結城がアリに手入れの情報を売って、謝礼として上質の覚醒剤を受け取ってる疑いがあるんだと言ってた。結城と堤の二人はつるんで、アリから手に入れた薬物《クスリ》を裏サイトでネット密売してるのかもしれないと洩らしてたわ」

「それが事実なら、郷原組の商売敵《がたき》になるな」

刈谷は、堀よりも先に口を開いた。

「そういうことになるわよね。だから、友利さんはそれが事実なのかどうか、アリに問い質《ただ》したんだって」

「アリは、どう答えたと言ってた？」

「情報の謝礼として現金のほかに覚醒剤を何キロか渡したことがあるって白状したらしいから、結城と堤は取締官のくせに麻薬の密売をしてることは間違いないと言って、にっと笑ってたわ」

「笑ってた？」

「ええ。結城と堤の弱みを知ったわけだから、そのうち二人から只《ただ》で手入れの情報を提供させて、さらに押収品の薬物を保管庫から持ち出させるつもりだと、彼、ほくそ笑《え》んでたわ。そうすれば、ボロ儲けでしょ？」

亜希が言った。

「そうだな。ゴーラムホセイン・アリは、どこに住んでるんだ？」

「代々木上原《よよぎうえはら》のマンションに住んでるみたいだけど、それ以上詳しいことは知らないわ。友利さんは拉致事件や殺人にはタッチしてないと言ってたから、アリのことを調べてみたほうがいいんじゃない？」

「アリは結城から手入れの情報を教えてもらってた。そのことを能勢に知られたら、まずいことになる。そう考えて、アリが能勢を知り合いの二人組に拉致させ、ついでに女情報屋も始末させた？」

「そうなのかもしれないわよ。それとも結城と堤の二人が悪さがバレることを恐れて、同じ職場にいた能勢という取締官を流れ者か誰かに拉致させたのかな。それで、能勢の行方を追ってた池内という女性も殺《や》らせたんじゃない？」

「きみの推測は拝聴しておこう」

「わたし、見逃してもらえるの？」

「手錠を打ってほしいんだったら、所轄の地域課の者たちを呼んでやろう」

「やめてよ。わたし、なんか不安だな。自宅に戻ったら、お巡りさんが待ち受けてるんじゃないの。３Ｐに応じてもいいわよ。あなたたち二人とセックスすれば、捕まりっこないもんね」

「服を脱いだら、逮捕するぞ」

刈谷は亜希を睨《ね》めつけ、玄関ホールに向かった。堀が従《つ》いてくる。二人は六〇七号室を出た。

「友利が転落死したこと、通報しなくてもいいんっすか？」

「官給品や私物のスマホを使ったら、潜行捜査のことを知られることになる。近くに公衆電話もなさそうだから、このまま立ち去ろう」

「そうするっすか」

「堀、元レースクイーンの自宅に行くぞ。折笠茉利花は、結城を動かしてる人物を知ってるかもしれないからな」

刈谷はエレベーターホールに急いだ。コンビは一階に降り、マンスリーマンションを後《あと》にした。

スカイラインに乗り込んだとき、西浦律子から刈谷に電話連絡があった。

「いま、わたしたちは堤仁の大岡山の自宅マンションのそばで張り込み中なの。堤は、職場から少し前に帰宅したとこよ。結城も少し後に帰宅したんじゃないかな」

「しばらく堤仁に張りついてくれますか。おれたちはようやく友利の潜伏先を突きとめたんですが、思いがけない展開になりました」

刈谷は、右近亜希の車を追尾してからのことを詳細に話した。

「友利に転落死されたのは、ちょっと残念ね。でも、愛人の亜希から新たな手がかりを得られたわけだから、がっかりすることはないわよ」

「そうですね」

「亜希が言ったように、ゴーラムホセイン・アリという不良イラン人も少し気になるな。結城から手入れの情報を得てる事実を能勢に知られたら、時間の問題で自分たちのグループは摘発されることになるもんね。アリが何らかの方法で日本人の無法者を二人見つけて能勢を拉致させ、どこかで始末させたのかもしれないわ。さらに、能勢の行方を追ってた池内美由紀の口も封じさせたんじゃないかしら？　あるいは、情報を流してた麻薬取締官たちが二つの事件の絵図を画《か》いたのかな」

「西浦さん、結城を動かしてるのは堤仁じゃないと考えるべきですよ」

「堤がシロと思ってるのに、なんで張り込みつづけてくれなんて言ったの？」

律子が不思議がった。

「堤は結城とつるんでるような振りをして、自分を陥れようとした同僚を割り出す気でいるようなんです」

「えっ、そうなの⁉」

「堤はシロでしょう。二つの事件には関わってませんね」

刈谷は、その根拠を語った。

「旧友から二百万円を借りてパテックフィリップを買った理由は、結城と同じ悪事を働いてると見せかけるためだったんだろうね」

「ええ。堤は結城の警戒心を取り除き、真の裏切り者を突きとめる気なんでしょう」

「そうだったのか。わたしは、てっきり結城は堤仁にうまく利用されてると思ってたけど」

「入江も、西浦さんと同じ筋の読み方をしてたのかな?」

「ううん、奈穂は結城をメッセンジャーにしてるのは堤ではない気がすると言ってたわ。腕時計だけが高級品で、服や靴は安物だから、ダーティーなことで悪銭を得てるとは考えにくいと……」

「なるほどな。入江も成長しましたね。元鑑識係ですが、刑事らしい見方をするようになりました」

「刈谷ちゃんの教育の成果でしょ?」

「おれは何も教えてませんよ。チームにいて、入江自身が仲間たちから何かを吸収したんでしょ」

「カッコいいね、刈谷ちゃんは。何かに秀《ひい》でた男はあくまで控え目だと言われてるけど、実際、その通りだな。わたしが十歳若かったら、刈谷ちゃんにのぼせちゃうと思うわ」

「茶化さないでほしいな。おれは堀と沼袋に回ります」

「わかったわ。そちらの経過は、奈穂に伝えるから」

律子が電話を切った。刈谷は、堀に通話内容を手短に話した。

「帰宅した結城がBMWを駆って元レースクイーンの家を訪ねてたら、好都合なんすけどね。そうはいかないだろうな」

堀が言って、覆面パトカーをスタートさせた。

折笠茉利花の自宅を探し当てたのは二十数分後だった。敷地は五十坪前後で、家屋は古めかしかった。

生垣《いけがき》の際《きわ》には、見覚えのあるドルフィンカラーのBMWが寄せられていた。結城の車だろう。

「主任、ツイてるっすね。結城は茉利花といちゃついてるんじゃないですか。二人を追い込めば、結城の背後にいる人物がわかるでしょう」

「そうだといいがな」

刈谷は短く応じた。そのとき、前方から走ってきたカローラが急停止した。

「カローラを運転してるのは、柊展人なんじゃないっすか。暗くてよく顔が見えないっすけど」

「そうなのかもしれない」

刈谷は目を凝《こ》らした。カローラが数十メートル後退し、脇道に入った。

「消えた車を転がしてたのは、柊だろう。捜査はおれたちに任せろと言ったんだが、じっとしていられないんだろうな。能勢を高く評価してるようだし、先輩の堤仁をお手本にしてたんだろうからさ」

「そうなんでしょうね。目をかけてた後輩が二人組に拉致されて、先輩の堤は押収品をくすねた犯人に仕立てられそうになったんすから、柊は裏切り者を命懸けで捜し出す気になったんだと思うっすよ」

「どんな職場も近頃、人間関係が稀薄《きはく》になってる。柊展人は時代遅れな生き方をしてるんだろうな。しかし、そういう無器用な人間は嫌いじゃないね」

「おれもっす」

「元レースクイーンの家に無断でお邪魔するか」

刈谷は助手席から出た。堀も運転席から離れる。

二人は、あたりに目を配った。人影は目に留《と》まらない。刈谷たちは布手袋を嵌めてから、低い門扉《もんぴ》に近づいた。刈谷、堀の順に折笠宅の内庭に忍び込んだ。

家屋からラップミュージックがかすかに響いてくる。結城はセックスペットと酒でも酌《く》み交わしながら、居間で寛《くつろ》いでいるのか。

「裏手から侵入しよう」

刈谷は部下に囁《ささや》き、平屋住宅を抜き足で回り込んだ。堀が従《つ》いてくる。

台所は暗かった。ごみ出し用のドアは、ありふれた物だった。ピッキング道具で、たやすくロックを解くことができた。

刈谷はドアをそっと開け、土足で上がり込んだ。あまりに礼儀を欠いているが、やむを得なかった。結城が茉利花の家から逃げだしたら、すぐさま追いかけなければならない。

堀が台所に入り、ドアを静かに閉めた。ほとんど音はたたなかった。

二人は台所を抜け、玄関ホールに出た。ラップミュージックは、玄関ホールに面した部屋から聴こえる。かなりの音量だ。

刈谷は、リビングと思われる部屋のドアを開けた。

結城と茉利花はソファに腰かけ、ワインを傾けていた。二人が相前後して、立ち上がった。

「あんたたち、何者なの!?　押し込み強盗なのね」

元レースクイーンが怯《おび》えた表情になった。肉感的な肢体だが、ベビーフェイスだ。そのアンバランスが魅力になっているのかもしれない。

「無断で家に入ったことは申し訳なく思ってるが、おれたちは強盗じゃない」

「二人とも靴を履《は》いたままじゃないの。強盗なんでしょ！」

「おれたちのことは、きみの彼氏は見当がついてると思うよ」

刈谷は茉利花に言って、結城に顔を向けた。

「おたくらは、確か……」

「憶《おぼ》えてて当然だよな。よく聞いてろ！　そっちが郷原組の友利に内偵や手入れの情報を流してることはわかってる。麻薬取締官《マトリ》のくせに、堕落したもんだ」

「自分は後ろめたいことは何もしてない」

「もう観念するんだな。そっちをメッセンジャーにしてるのは、職場の上司なんだろ？」

「暴力団なんかと癒着してないぞ」

「少し締め上げられたいか。そうなら、裸絞めで気絶させてやろう。ついでに顎と両腕の関節を外して、しばらく放置しておくか」

「荒っぽいことはやめてくれ。自分は先輩の堤さんに頼まれて、郷原組の友利さんに情報を伝えてやってたんだ」

「堤仁が黒幕だってことにしろと指示したのは、職場の誰なんだ？」

「えっ」

結城が狼狽し、目を泳がせた。そのとき、刈谷は人が背後に迫る気配を感じ取った。振り向く前に、背中に固い物を押し当てられた。

感触で、銃口とわかった。

「郷原組の者だな？」

「おれは組員じゃない。若頭の福士《ふくし》さんに頼まれごとをしたんだよ。二人とも両膝を床《ゆか》に落として、両手を頭の上で重ねろ」

背後の男が命じ、銃口を刈谷の後頭部に移した。

堀がショルダーホルスターに手をやった。刈谷は首を横に振って、両膝をフローリングに落とした。堀も男の命令に従う。

「おたくら二人は、早く逃げろ」

後ろに立った男が結城に言った。結城が茉利花の手を取って、居間から出た。二人は玄関から外に逃れた。

「若頭の福士幸司《こうじ》は、おれたちをどうしろって言ったんだ？」

堀が問いかけた。

「おまえ、福士さんを知ってるのか？」

「おれは以前、新宿署の組対課にいたんだ。福士とは面識がある。刑事《デカ》を射殺したら、警視庁の四万八千人を敵に回すことになるぞ」

「わかってらあ。二人とも、ゆっくりと腹這いになれ！」

「おれたちが床に這ってる間に、ずらかる気らしいな」

刈谷は言って、先に片方の肘を床についた。もう片方の肘を落とす真似をし、素早く体を反転させた。背後の男の両脚をタックルする。

相手が玄関ホールに倒れた。

仰向けだった。ブラジル製のロッシー626を握り締めているが、まだ撃鉄《ハンマー》は起こされていない。銃身の短いリボルバーだ。

刈谷はロッシー626を奪い取って、三十六、七歳の男のこめかみに銃口を押し当てた。すぐに親指の腹で搔《か》き起こす。輪胴型弾倉《シリンダー》が少し回った。

「う、撃つ気か⁉」

倒れた男が声を裏返らせた。堀が男の太腿の上に馬乗りになって、鳩尾《みぞおち》に肘打ちをくれた。男が歯を剝《む》いて長く唸《うな》る。

「自衛官《エイカン》崩れの裏便利屋か、殺し屋《プロ》なんだな？」

刈谷は訊いた。

「人殺しは引き受けてないが、そのほかの荒っぽいことは請《う》け負《お》ってる」

「おまえの名は？」

「矢作《やはぎ》、矢作猛《たけし》だよ。郷原組の若頭には何回か仕事を回してもらってるんで、今回の依頼を受けたわけさ」

「おまえが同業者と組んで、能勢という麻薬取締官《マトリ》を拉致したんじゃないのか？」

「おれは、そんな仕事は請け負っちゃいない。警察の奴らが結城と茉利花の二人に迫ったら、どんな手を使ってでも逃がしてやってくれと頼まれただけだよ。庭木の陰に隠れてたら、あんたらが家の中に入ったんで……」

「ロッシーを試《ため》し撃ちしてみたくなったよ」

「お、おれの話は本当なんだ。福士さんに確認してもらってもいいよ。ああ、そうしてくれないか」

　矢作が真顔で訴えた。

「こいつの身柄《ガラ》を日垣さんに引き渡して念のため、取り調べてもらうか」

「そうしたほうがいいっすね」

「堀、電話してくれ」

　刈谷は指示して、リボルバーの銃把《グリップ》を握り直した。

3

予想通りだった。

月極駐車場にはＢＭＷは見当たらない。元レースクイーンの自宅に押し入った翌朝である。九時半過ぎだった。

刈谷は月極駐車場を出た。きょうの相棒は入江奈穂だった。刈谷は美人刑事が運転するプリウスに同乗して、新宿署から結城の自宅マンションに急行した。

いま奈穂は、『自由が丘エルコート』の全室の借り主から聞き込みをしている。残念ながら、留守宅が多いだろう。

堀・西浦コンビは、若松町《わかまつちょう》にある郷原組の福士幸司の自宅付近で張り込み中だった。

前夜に結城と茉利花を逃がした裏便利屋の矢作猛は新宿署の予備室で、日垣警部の取り調べを受けている最中だ。

むろん、そのことは捜査本部や刑事課には内緒だった。新津隊長も取り調べに立ち会っているかもしれない。

堀たち二人は若頭の福士と接触し、薬物や銃器事件以外は日本で禁じられている〝司法取引〟を持ちかけることになっていた。要するに、矢作を雇ったことは不問に付す代わりに、拉致と本部事件に関する手がかりを提供しろというわけだ。

刈谷は、結城の自宅マンションに向かった。『自由が丘エルコート』の少し手前の物陰から、男がぬっと現われた。

柊展人だった。

「昨夜《ゆうべ》は結城と元レースクイーンに逃げられちゃったよ」

「柊さんは、茉利花の家の近くにいたんですね？」

刈谷は訊いた。

「そう。レンタカーで結城の車を追ったんだ。結城は池袋駅の近くで茉利花を降ろすと、北区を抜けて埼玉県の川口市方面にＢＭＷを走らせた。しかし、あいつの車を見失ってしまったんだよ」

「逃走先に心当たりはありませんか？」

「結城の実家は、茨城県の筑西《ちくせい》市にあるんだ。多分、あいつは東北自動車道の佐野藤岡《さのふじおか》ＩＣ《インター》から国道五十号線をたどって田舎に戻ったんだろう」

「そうだとしたら、実家にいるんでしょうね」

「いや、実家にはいなかった。結城の実家に電話をしてみたんだよ。おふくろさんは息子は帰省《きせい》してないし、電話もかかってこなかったと言ってた。嘘をついてる感じじゃなかったな」

「そうですか。友人宅にでも潜伏してるんですかね」

「そうなのかもしれないな。ナンバー読み取りのNシステムに結城の車の通過記録が残ってるだろうから、チェックしてみるんだね」

「いい情報をありがとうございます」

「礼には及ばない。滝沢の太腿を果物ナイフで刺した件で目をつぶってもらったんだからさ。ついでに、教えてやろう。もうわかってるかもしれないが、結城は不良イラン人グループのゴーラムホセイン・アリにも、内偵や手入れの情報を流してたんだ」

「それは知ってます」

「さすがだね。でも、結城がアリの弱みを脅迫材料にして、上質の覚醒剤を脅し取ったことまでは知らないんじゃないのか？」

「情報提供の謝礼として、薬物《クスリ》を受け取ってたんではなく？」

「それとは別に、結城は上物の麻薬《ヤク》をせしめてたんだ。結城はネットの裏サイトでアリから手に入れた覚醒剤《シャブ》を密売してるようだが、あいつはダミーにされてるんだろうな」

柊が言った。

「結城をメッセンジャーとして使ってるバックの人物が、麻薬のネット密売をやらせてるってことですね？」

「そう睨んでもいいと思うよ」

「柊さんは、そのことをご自身で調べ上げたんですか。そうではなく、自らの潔白を立証しようとしてる堤仁さんからの情報なのかな？」

「その質問には答えられない」

「わかりました。ゴーラムホセイン・アリの弱みというのは何なんです？」

「アリは、護身用に常にイラン製のＤＩＯモデルＰＣ９という拳銃を持ち歩いてるようなんだ。その拳銃、知ってる？」

「ええ。イランのサナエ・ヤンガフサルサジ社が製造し、国防産業機構《ＤＩＯ》が国外に輸出してるハンドガンですよ。ダブルアクションで、通称ゾアフです。スイスのシグ・ザウエル社のＰ228をコピーしたピストルですよ」

「驚いたな。ガンマニアなんだね」

「ええ、まあ」

「結城は、アリのそうした弱みをちらつかせて今後も……」

「極上の覚醒剤《シャブ》を只でいただくつもりなら、アリは黙っちゃいないでしょ？」

「だろうね。結城がイラン人グループに殺《や》られる前に奴を取っ捕まえて、黒幕の名を吐かせないとな」

「堤さんも、本当の情報提供者を割り出してないんですか？」

「その問いにも、ノーコメントだ。これで借りを返したつもりなんだが、そう受け取ってもらえるかな」

「ええ。柊さんに貸しがあるとは思ってなかったんですがね」

「誰が最初に結城の口を割らせることができるか。ちょっとしたゲームだな」

「そうですね」

刈谷は笑顔で応じた。柊が片手を挙げ、足早に立ち去った。近くの路上にレンタカーを駐《と》めてあるのだろう。

刈谷は道端に寄って、懐から刑事用携帯電話《ポリスモード》を取り出した。

新津隊長に電話をかける。スリーコールの途中で、通話可能状態になった。

「少し前に予備室からアジトに戻ったんだが、矢作猛は郷原組の若頭に頼まれて結城と折笠茉利花を逃がしただけで、真の内通者のことは本当に知らないようだったよ」

「そうなんですか」

「堀・西浦班は、まだ若頭の福士幸司と接触できてないようだね」

「と思います。堀から、何も連絡がありませんから」

「そうか」

「新津さん、Nシステムで結城の逃走ルートを調べてもらいたいんです。実家のある茨城県筑西市付近に身を潜めてる可能性がありそうなんですよ」

「何か情報を摑んだんだな？」

新津が確かめた。刈谷は、柊から聞いた話を喋った。

「すぐにNシステムをチェックしてみよう」

「お願いします」

「後で連絡するよ」

新津が電話を切った。刈谷は『自由が丘エルコート』の敷地に足を踏み入れた。ちょうどそのとき、アプローチの向こうから奈穂が歩いてきた。

「留守にしてる入居者が多くて、わずか三人からしか話を聞けませんでした。昨夜、結城は一度も自宅マンションには戻ってないようですよ」

「結城はBMWに同乗してた折笠茉利花を池袋駅付近で落としてから、実家のある茨城に向かったと思われるな」

刈谷は、柊から得た情報を伝えた。新津隊長にNシステムのチェックを頼んだことも話した。

「犯罪者の多くは土地鑑のある地域に逃げ込んだりしてますから、おそらく結城も筑西市周辺にいるんでしょう。ただ、知人や友人宅に匿《かくま》ってもらってたら、見つかりやすいですよね。結城はモーテルか旅館に隠れてるんじゃないのかしら？」

「それだと、車を発見されやすいぞ。ＢＭＷはどこか人目につかない場所に乗り捨て、徒歩か盗んだ自転車で移動したんじゃないか」

「そうかもしれませんね。でも、この季節に野宿は無理でしょ？　空《あ》き家に入り込んでるんじゃないのかしら？」

「ああ、考えられるな」

「主任、西浦・堀班から何か報告はありました？」

「まだ連絡がないんだ」

「そうですか。結城の足取りを追う前に、中目黒の麻薬取締部事務所に行ってみましょうよ。相棒の結城が無断欠勤したんで、堤仁は独歩行《どっぽこう》で聞き込みはしないでしょ？　きょうはデスクワークをしてると思います」

「堤が職場にいたとしても、おれたちに協力してくれるわけはない。堤は自分で結城をうまく使ってたスパイを見つけ出す気でいるようだからな」

「そうでしたね。堤仁から手がかりを得られなくても、捜査一課長の香田和隆は郷原組やアリに手入れの情報を流してる部下に見当をつけてるんじゃありません？」

「あまり期待はできないが、行ってみるか」

「ええ、行きましょう」

奈穂がプリウスに走り寄って、運転席に入った。刈谷は大股で歩き、助手席に乗り込んだ。

プリウスが走りはじめた。目的地に着いたのは、およそ三十分後だった。

刈谷たち二人は覆面パトカーを目黒川の際《きわ》に駐《と》めて、麻薬取締部事務所の受付に直行した。奈穂が身分を明かし、堤に面会を求める。

「堤は朝早くに内偵で出てしまいました」

「それでは、香田課長に取り次《つ》いでいただけますか。一昨日《おととい》、お邪魔しました上司の刈谷と一緒です」

「少々、お待ちください」

職員が内線電話の受話器を摑み上げた。遣《や》り取りは短かった。

「香田はすぐに参りますんで、奥のソファにお掛けになってお待ちください」

「はい。ありがとうございました」

奈穂が謝意を表し、にこやかに笑った。刈谷は奈穂と受付から離れ、椅子に並んで坐った。壁際に腰かけたのは奈穂だった。

数分待つと、エレベーターホールの方から香田が急ぎ足でやってきた。

刈谷はすっくと立ち上がり、深く腰を折った。

「また、お邪魔しました。連れは部下の入江です」

「初めまして、入江です」

奈穂が名乗った。香田も自己紹介し、刈谷たち二人を先に着席させた。そして、自身は刈谷と向かい合った。

「大変な美人の部下をお持ちなんですね。刈谷さんが羨《うらや》ましいな。わたしの下にも数人、女性麻薬取締官がいることはいるんですよ。でも、揃って洒落《しゃれ》っ気《け》がなくて、男勝《まさ》りなんです。仕事熱心なんですがね」

「そんなことを言ってると、女性の部下の方たちに突き上げられますよ」

刈谷は軽口をたたいた。

「ええ、そうでしょうね。つい本音を言ってしまったな。いまのは冗談です。能勢の失踪と捜査本部事件は繋がってたんですか？」

「それは間違いないでしょう。能勢さんは結城さんがコンビニに缶コーヒーを買いに行ってる間に、柄のよくない二人の男に車で連れ去られたんですが、まだ安否も確認できてません」

「その晩、能勢と結城は郷原組の友利の自宅マンションを張ってました。友利に内偵や手入れの情報を流してる内通者が捜査一課の中にいると考えたんで、わたしが友利をマークさせたんです」

「ええ、そういうことでしたね」

「しかし、その後、友利と接触する麻薬取締官はいませんでした」

「われわれの調べで、意外な事実がわかりました。きょうは欠勤してる結城さんが友利に高級鮨店やクラブで接待され、ベッドパートナーを提供されてたんですよ」

「ま、まさか!?　何かの間違いでしょう?」

「いいえ、その裏付《ウラ》けは取れました。友利は結城さんに、いや、もう敬称はいらないでしょう。郷原組の舎弟頭補佐は結城に宝飾腕時計や高級外車を贈って、かつて自分の愛人《レコ》だった元レースクイーンも譲ってます」

「ええっ」

「結城は長髪のウイッグを被って、沼袋にある彼女の家にちょくちょく通ってたことも確認済みです」

「結城がスパイだったとは……」

「彼はスパイというよりも、使いっ走りにすぎないんでしょう。結城の同輩か上司が真の内通者なんだと思います」

「退職した柊展人が暴力団と黒い関係だったんだろうか。そして、結城をメッセンジャーにしてたんですかね」

香田が考える顔つきになった。

「柊さんは内通者ではないでしょう。彼は退職後、単独で能勢さんの行方を追ってたんですよ」

「えっ、そうなんですか⁉　柊は捜査当局の目を欺《あざむ》きたくて、そんなことをしてたとは考えられませんかね。実は郷原組に情報を提供してたのは柊展人で、結城をメッセンジャーボーイにしてたんじゃないだろうか」

「香田さんは、内部の裏切り者は柊さんだと確信してらっしゃるような口ぶりですね」

奈穂が口を挟んだ。

「別に確信があるわけではありません。酒とギャンブルの好きな柊が金の誘惑に負けてしまうかもしれないと思っただけですよ」

「そうですか。結城を使いの者にして手入れの情報を流してたと疑えそうな部下はいませんかね？」

「ベテランの堤仁は気前がよくて、部下たちに派手に奢ってるんですよ。あんな調子では、金がいくらあっても足りないでしょう」

「その堤という方が郷原組と不良イラン人グループのボスのゴーラムホセイン・アリに内偵や手入れの情報を教えたのではないかと……」

「堤は郷原組だけじゃなく、イラン人の麻薬密売組織とも通じてたんですか!?」

「ご存じなかったようですね」

「ええ、まったく。結城は堤に何か弱みを知られて、代理人になることを強《し》いられたんではないのかな。彼は案外、気が弱いんですよ。堤に凄まれたら、逆《さか》らえなくなるでしょうからね」

「堤さんをそこまで怪しむ理由《わけ》があるんですか？」

「実は密告電話がありまして、堤仁が押収品保管庫から純度の高い覚醒剤を盗み出し、裏社会の者に売ってるって教えられたんですよ」

「それで、香田さんはどうされたんです？」

　刈谷はポーカーフェイスで問いかけた。

「二人の部下に堤が押収品をくすねてるかどうか調べてくれと指示しました。しかし、その証拠を摑むことはできませんでした」

「それなら、密告内容は単なる中傷だったんでしょう」

「そう思いたいんですが、堤には疑わしい点があるんですよ。能勢の行方がわからなくってから、結城は堤とコンビを組むようになったんです。堤はそれまで結城には素《そ》っ気《け》なかったんですが、急に接し方が変わりました。結城の面倒を見るようになって、よく飲み喰いをさせるようになったようです。それから、堤の金回りがよくなったんですよ。何百万円もする高級船来腕時計を買ったりね」

「そうですか」

「堤が結城をメッセンジャーにして、郷原組やイラン人密売グループに内部情報を漏らしてたんでしょう。いや、部下を疑うなんてどうかしてるな。外部の者が捜査一課に盗聴器を仕掛けて結城を裏切り者に仕立てたんではないんだろうか。おそらく結城は、そいつに何か弱みを握られたんでしょう」

「香田さんの推測には、矛盾があるな」

「えっ、どこに?」

「外部の誰かが結城の弱みを握って脅迫したんだとしたら、何も捜査一課に盗聴器を仕掛ける必要はないわけでしょ?　結城は当然、内偵や手入れに関する事柄を知ってるはずですんで」

「ああ、そうなりますね。部下を疑った自分を許せないと考えてたんで、矛盾に気づかなかったな。堤は裏切り者ではないんだろう。ほかの部下がボイス・チェンジャーを使って密告電話をかけてきたんでしょう」

「その人物に心当たりは？」

「ありません」

「そうですか。実は昨晩、元レースクイーンの自宅に行ったんですよ。結城は、その彼女と一緒に寛《くつろ》いでました」

「なんて奴なんだ」

「こっちが追及したとたん、結城は友利の元愛人と一緒に外に逃げたんですよ。茨城の実家にはいませんでした。香田さん、結城の潜伏先に心当たりはありませんか？」

「ありませんよ。なぜ、そのようなことを訊かれるんです？」

「結城が大それたことをやってしまったと反省して、直属の上司に相談してるかもしれないと思ったんですよ」

「結城に何かを打ち明けられたことはありません。これから会議があるんで、お引き取りいただけますか」

香田が腕時計を見ながら、椅子から立ち上がった。

刈谷たちは慌《あわ》てて腰を浮かせた。表に出ると、堀から刈谷に電話があった。

「ようやく若頭の福士に接触できたっすよ」

「で、どうだった？」

「矢作の供述と一致してましたね。福士は、結城と折笠茉利花が警察関係者に任意同行を求められたら、二人を逃がしてくれと矢作に頼んだだけだと言い張ってました」

「そう」

「まさか矢作がブラジル製のリボルバーをちらつかせるとは思ってなかったんで、自分の罪は軽いはずだと言ってました。身柄《ガラ》を日垣警部に引き渡したほうがいいっすかね」

「若頭の福士は、そのまま泳がせよう。それより、柊さんがいい情報をもたらしてくれたんだよ」

「どんな情報なんです？」

「きのうの夜、柊さんがレンタカーで結城のＢＭＷを尾行したらしいんだ。茉利花を池袋で落とすと、結城は実家のある茨城に向かったようなんだよ。さっき新津隊長にＮシステムのチェックを頼んだんだ。連絡を待ってるとこなんだよ」

「そうなんすか」

「結城が茨城県内にいるようだったら、四人で潜伏先を手分けして突きとめよう。後で連絡する。西浦さんと待機しててくれ」

刈谷は通話終了キーを押した。

4

まだ正午前だった。

そのせいか、客の姿は疎《まば》らだ。国道五十号線に面した和食レストランである。

刈谷たち四人のメンバーは、隅のテーブル席で早目の昼食を摂《と》っていた。

新津隊長から結城の車が前夜、佐野藤岡ＩＣ経由で国道五十号線に入ったという連絡があって、二つの班は新宿中央公園の前で合流した。それからスカイラインとプリウスは、筑西市下館まで来たわけだ。のんびりとはしていられないが、腹ごしらえは必要だった。

メンバーの四人は、同じ刺身定食を注文した。茨城県沖で獲《と》れた五種の魚介が少しずつ盛りつけられている。ひじきの煮付けと香《こう》の物が添えてあった。もちろん、ご飯と味噌汁付きだ。

「おれは西浦さんと一緒に結城の実家に行ってみる。おふくろさんが電話で嘘をついたとは思えないが、念のためにな」

刈谷は、かたわらの堀に言った。二人の女性刑事はテーブルの向こう側に並んでいる。

「入江と自分は、日垣警部が調べてくれた友人たちの勤め先に行くっすよ」

「ああ、そうしてくれ。隊長がNシステムをチェックした結果、結城のBMWが鬼怒川《きぬがわ》の畔の下川島《しもかわしま》交差点で五十号線から逸《そ》れたことはわかってるんだ」

「結城は鬼怒川沿いに北上したんじゃないっすか？　そして、きのうの晩に友人宅か宿泊施設に落ち着いたんじゃないのかな」

「堀君、実家の近くに泊まったんじゃ、見つかりやすいでしょ？　わたしは昨夜《ゆうべ》のうちに結城は栃木の宇都宮あたりまで北上した気がするな」

律子が言った。

「宇都宮の幹線道路には、たいていNシステムが設置されてるっすよ。うっかり地方都市に入ったら、ＢＭＷのナンバーを読み取られちゃうでしょ？」

「結城は警戒して幹線道路は避けたはずよ。県道や市道を抜け、とりあえず出身地の茨城県を出たんだと思うな。わざわざ筑西市の近くまで来たのは、陽動作戦だったんじゃない？　実家の近くに潜伏すると思わせて、栃木、群馬あたりまで逃げるつもりなんじゃないのかな」

「そうなんですかね。入江はどう思う？」

堀が奈穂に顔を向けた。

「わたしは、結城が知り合いの家かモーテルに一、二泊するんではないかと思ってたんだけど、西浦さんが言ったように陽動作戦かもしれないな」

「そうだとしたら、結城は宮城や山形あたりに身を潜める気なんじゃないか」

「あるいは、裏をかいて東京を迂回《うかい》して東海地方か関西に向かってるのかもしれませんよ」

「そういうことも考えられるな」

「主任、隊長に連絡して急いで関東全域と中部地方に網を張ってもらいましょうよ」

「いや、それは得策じゃないな。結城がどこかで検問に引っかかったら、背後の黒幕はそのことを知り、不都合な物証を消すにちがいない。たとえ結城がバックの人間の名を吐いても、そいつを捕まえることはできないだろう」

「ええ、そうでしょうね」

「結城をおれたちが生け捕りにして、郷原組やアリのグループに内偵や手入れの情報を流してた内通者に迫るんだ。その首謀者が能勢昇太の拉致と池内美由紀殺しに深く関わってるにちがいないからな」

「功を急ぐのは、よくないですね」

「そうだな」

刈谷は茶を啜《すす》って、刺身定食を平らげた。部下たちも、あらかた食べ終えていた。

「四人がいっぺんに店を出ると、ちょっと目立つな。勘定はおれがまとめて払っておく。おまえは入江と先に店を出て、プリウスで情報を集めてくれ」

「了解っす」

堀が奈穂を促《うなが》した。二人は立ち上がり、出入口に向かった。

「麻薬取締部捜査一課に密告電話をかけた人物は、堤仁というベテランの取締官が押収した上物の覚醒剤三キロをくすねてると告げ口したんだったわよね？」

律子が刈谷に言った。

「ええ」

「そいつは堤に何か恨みがあって、陥れたかったのかな」

「退職した柊展人によると、堤は他人に恨まれるような人格じゃないそうなんですよ。多分、密告《チク》った奴は自分が疑いを持たれたくなかったんでしょ？」

「つまり、密告者が暴力団や不良イラン人グループに手入れの情報なんかを流してた裏切り者だったってことね？」

「おれは、そう睨んでます。そいつは何らかの方法で押収品の三キロ袋に堤の指掌紋だけを付着させ、彼の机の引き出しの中に入れたんでしょう」

「そんなこと、できるのかな」

「できると思いますよ。たとえば、予《あらかじ》め犯罪者の指紋や掌紋を拭い取っておいた三キロ袋を故意に保管庫の棚から床に落とし、堤仁に拾わせるよう仕向けたとかね」

「そうか、そういう手を使ったのかしらね。密告者は手袋をして覚醒剤の三キロ袋を押収品保管庫から盗み出し、堤の机の引き出しに入れてから、香田課長に電話をかけたわけか」

「ええ、そうなんでしょう。香田課長は密告電話のことを部下の柊展人と能勢に打ち明け、二人に堤が不正をしてるかどうか調べさせた。堤の机の引き出しには問題の三キロ袋が隠されていたが、柊と能勢は相談して課長には事実を話さなかったわけです」

　刈谷は応じた。

「少し考えさせて。頭が混乱してきたわ」

「堤は濡衣を着せられたと仮定してみましょう。結城と黒幕は、職場に不正を働いてそうな麻薬取締官《マトリ》がいると同僚たちや香田課長に思わせたかったんでしょうね」

「そうなんだろうな。やくざや不良イラン人と繋がってる内通者は、悪賢いわね」

「それだけ結城を動かしてるスパイは不正の発覚を恐れてるんでしょう」

「うん、そうなんだろうね」

律子が答えてから、腰を浮かせた。化粧室に行くようだ。刈谷はシングルマザー刑事が化粧室に入ると、恋人の茜のスマートフォンを鳴らした。

「きみのおかげで、持丸は妙な言いがかりをつけてこなくなったよ」

「それはよかったわ。ちょっぴり後ろめたいけど、わたしは亮平さんの味方だから」

「殺し文句だな。茜に惚れ直したよ」

「本当に？」

「もちろんさ。拉致された能勢の行方は依然として不明だが、茜がもう悪夢に悩まされることはないだろう。新宿署《うち》に置かれた捜査本部も二期目から少しずつ手がかりを得たようだから、去年の十二月五日に扼殺体で発見された池内美由紀の事件も近いうちに解決すると思うよ」

「そう」

「新しい仕事は順調に進んでる？」

「ええ、うまくいってるわ。二、三日、忙しいけど、週末には泊まれそうよ。そのとき、ゆっくり話しましょう」

茜が通話を切り上げた。

刈谷はスマートフォンを懐に戻し、レジに足を向けた。四人分の勘定を払っていると、化粧室の方から律子がやってきた。口紅を引き直したらしく、唇は艶《つや》やかだった。

「わたしの分、いま払うわよ」

「後で結構です」

刈谷は先に店を出て、駐車場に急いだ。スカイラインの運転席に乗り込み、エンジンを始動させる。

「お待たせ！」

律子が助手席に坐り、シートベルトを掛けた。

刈谷は車を発進させた。国道五十号線を数キロ走り、筑西市の市街地を抜ける。

結城が生まれ育った家は、横塚《よこつか》という地域にあるらしい。いまは両親だけが住み、三つ違いの姉は笠間《かさま》市に嫁いでいる。結城の家族構成を調べてくれたのは日垣警部だった。

やがて、スカイラインは結城の実家を探し当てた。

敷地は優に二百坪はありそうだ。庭木が多く、奥まった場所に二階建ての住宅が建っている。刈谷は覆面パトカーを結城宅の数軒先に停めた。

「車のセールスマンを装って、結城の実家のインターフォンを鳴らしてみますよ。ひっそりとしてたんで、留守かもしれませんがね」

「結城の母親は専業主婦で、父親は農機具販売会社の役員だったわよね」

「ええ、そうです。父親は職場にいると思います。西浦さんは待機してててください」

「わかったわ」

律子がうなずき、シートベルトを外した。

刈谷はスカイラインを降り、自然な足取りで結城宅に近づいた。車庫は広かったが、一台も車は見当たらない。

刈谷はインターフォンを鳴らした。

しかし、応答はなかった。刈谷はふたたびインターフォンを響かせたが、スピーカーは沈黙したままだった。結城の母親は外出しているようだ。

近所のスーパーマーケットで買物をしているのか。刈谷は車の中に戻り、律子に結城宅が留守らしいことを告げた。

「お母さんが帰ってくるのを待ってみようか」

「ええ。帰ってきたら、おふくろさんに探りを入れてみましょう。電話では息子は帰省《きせい》してないと言ってたが、そうだったのかどうか。直《じか》に顔を合わせたわけじゃないんで、もしかしたら、嘘をつかれたかもしれないな」

「ええ、そうね。けど、顔をつき合わせたら、たいがい嘘は見抜ける」

「そうですね」

二人は雑談を交わしはじめた。

三十分が過ぎ、一時間が流れた。午後二時になっても、結城の母親は帰宅しなかった。

「刈谷ちゃん、生保レディーに化けて近所を少し回ってみるわよ」

律子が助手席から出て、結城家の左隣の民家の門の前に立った。そのとき、脇道から西アジア系の顔立ちの男が半身を出した。

パキスタン人ほど肌の色は黒くない。欧米人のように背丈があるわけではなかった。身長は百七十センチ前後だろう。三十代か。髪は黒々として、彫りが深い。イラン人だろうか。

気になる外国人は、すぐに顔を引っ込めた。

だが、また往来をうかがった。その視線は覆面パトカーと律子に向けられている。ゴーラムホセイン・アリの手下かもしれない。そうだとしたら、イラン人麻薬密売グループは結城が捜査関係者にマークされていることを察知したのだろう。

不審な外国人が首を引っ込めた。

刈谷は静かに車を降り、中腰で道の端まで走った。家々の塀や生垣に沿って脇道まで駆けた。角を曲がると、イラン人らしい男が缶コーヒーを傾けていた。刈谷は話しかけた。

「そう。わたし、イランから日本に来た。住みやすい国なんで、七年以上も日本で働いてるよ」

「イランの方だね？」

相手が癖のある日本語で答えた。

首を突き出して、おれの車と連れの女性の様子をうかがってたな？」

「ああ、そうね。わたし、スカイラインが欲しいと思ってる。憧れの車ね。でも、あまりお金ない。だから、見てた。それから、日本の女の人もチャーミングね。イランの女、たいてい毛深い。眉《まゆ》の太い女性《ひと》はセクシーじゃないよ。ジャパニーズガール、とってもかわいらしい」

「おれの連れは、もう娘っ子じゃない」

「その日本語、ちょっと難しいね」

「若くないって意味だよ」

「そう。あなたの車に乗ってた女性《ひと》、まだ三十一、二歳でしょ？」

「もっと上だよ。高校生の娘がいるんだ。だから、ガールじゃない」

「彼女、独身《シングル》だと思ってたよ。少し残念ね。旦那さんは日本人？」

「そんなことより、アリの手下なんじゃないのか？」

「アリという名のイラン人の男、たくさんいる。ポピュラーな名前ね。でも、日本に来てるアリという友達はひとりもいない」

「何か身分を証明できる物を見せてくれ」

「わたし、不法滞在じゃない。オーバーステイしてないよ。長期在留の許可受けてるね。だけど、その証明書、働いてる会社の寮に置いてある。いま、持ってないよ」

「怪しいな。おれたちが何者か知ってるんだろ？」

「あなたたちのこと、わたしがわかるわけないでしょ⁉」

「車の中でじっくり話を聞いてやろう」

刈谷は利き腕を伸ばした。相手が退《さ》がりながら、カーキ色のダウンパーカのポケットからスプレー缶を摑み出した。

次の瞬間、白っぽい噴霧《ふんむ》が撒《ま》かれた。ほとんど同時に、刈谷は瞳孔に痛みを覚えた。催涙スプレーを噴射されたにちがいない。

刈谷は目を開けていられなくなった。涙も出てきた。何も見えない。イラン人らしい男が勢いよく走りはじめた。

「おい、待てーっ」

刈谷は大声を張り上げた。だが、動くに動けなかった。逃げる足音が次第に小さくなっていく。

「くそっ」

刈谷は路面を靴の踵《かかと》で蹴った。しばらくすると、瞼を開けられるようになった。不審な外国人の姿は掻《か》き消えていた。

刈谷は付近を駆け回ってみた。しかし、イラン人と思われる男はどこにも隠れていなかった。刈谷は目を擦《こす》りながら、表通りに引き返した。律子が刈谷に気づき、駆け寄ってきた。

「どうしたの？　刈谷ちゃん、何があったのよ？」

「イラン人と思われる男が物陰から、おれたちの様子をうかがってたんですよ。覆面《メン》パトに乗せようと引っ張ろうとしたら、いきなり催涙スプレーの噴霧を浴びせてきたんです。目を開けられるようになって、すぐに追ったんですが……」

「逃げられちゃったのか。そいつは、アリの手下なんじゃない？」

「おれも、そう思ったんですよ。結城が警察に追われてるかどうか確認したくて、実家の近くで張ってたんでしょうね」

「それで、アリたち一味は結城の逃亡を手助けしたのかな。それとも、結城を見つけ次第、口を塞《ふさ》ぐ気なのかしら？」

「どちらとも考えられますね。それはそうと、西浦さんのほうに何か収穫はありました？」

「うん、少しね。結城の両親は今朝《けさ》、笠間に住んでる長女の家に出かけたそうよ。結城が実家に戻った気配はまったくうかがえなかったらしいわ」

「そうですか」

「刈谷ちゃん、車の中で少し休んだほうがいいわ」

「ええ、そうします」

刈谷は、律子とともにスカイラインに乗り込んだ。ハンカチで目許《めもと》を拭っていると、刑事用携帯電話が着信した。発信者は入江奈穂だった。

「主任、結城の潜伏先がわかりました。父親の金型《かながた》工場を継《つ》いだ高校時代の級友が、隠れ家を教えてくれたんです。結城はその友人に電話をかけて、やくざ者に追われて丸山《まるやま》という標高五百七十メートルほどの山の麓《ふもと》にある廃屋に隠れてるんで、寝袋や食料を運んでくれと頼まれたらしいんですよ」

「それで、その友達は寝袋なんかを届けてやったのか？」

「ええ。いろんな物を急いで揃えて、きのうの午後十一時四十分ごろに届けてやったそうです」

「そうか。入江、その廃屋のある場所を詳しく教えてもらったな？」

「ええ、もちろんです。主任たちは、まだ結城の実家の近くにいるんですか？」

「そうなんだ」

刈谷は経過を喋った。催涙スプレーを浴びせられたが、もう目の異物感はなくなっていた。

「逃げた怪しい外国人は、アリのグループの一員なんでしょうね」

「ああ、おそらくな」

「これから、ただちにそちらに向かいます」

奈穂が電話を切った。刈谷は、結城の潜伏先がわかったことを律子に話した。

「奈穂と堀君、お手柄ね。早く結城を押さえよう」

「ええ」

「結城を少し厳しく取り調べれば、背後の人物が誰なのか吐くでしょう。それから、そいつが拉致事件と扼殺事件の主犯だってこともね」

律子の声は明るかった。

プリウスが到着したのは、三十数分後だった。刈谷は、奈穂に先導役を指示した。プリウスは県道をたどり、筑波山の後方に位置している丸山の西麓に達した。

刈谷はプリウスに従った。プリウスは林道を一キロほど進み、朽《く》ちかけた廃屋の前で停止した。

屋根の一部が崩れ落ち、外壁もところどころ剝《は》がれている。庭は雑草だらけだ。

チームの四人は静かに覆面パトカーを降り、それぞれ拳銃を握った。刈谷は二人の女性刑事に家屋の裏を固めさせ、堀と玄関戸に接近した。

玄関のガラス戸は内錠が掛けられていなかった。

静かだった。結城は寝袋の中に潜り込み、じっと寒さに耐えているのだろう。

刈谷はシグ・ザウエルＰ230ＪＰの安全弁を外した。横にいる堀も、セーフティーロックを解く。

「行くぞ」

刈谷は玄関戸を力まかせに横に払い、廃屋の土間に躍《おど》り込んだ。

正面の板の間の太い梁《はり》から、人間がぶら下がっていた。なんと結城航だった。首には、ロープの輪が深く喰い込んでいる。

首を前に落とした結城は分厚いソックスを穿《は》いていたが、片方は裏返しだ。

「結城は犯罪者として裁かれる前に人生に終止符《ピリオド》を打ったんすね。自殺するなんて、卑《ひ》怯《きょう》だっ」

堀が吐き捨てるように言った。

「自殺じゃないな。結城は麻酔注射か高圧電流銃《スタンガン》で意識を混濁させられてから、縛り首にされたんだろう」

「郷原組かアリの一味に始末されたんですかね？」

「まだ何とも言えないな」

刈谷は両手に布手袋を嵌め、板の間に上がった。

しゃがみ込んで、裏返しになっているソックスを脱がせる。足の裏に火傷《やけど》の痕《あと》が見えた。スタンガンの電極を長いこと押し当てられたにちがいない。

「やっぱり、自殺を装った他殺だな」

刈谷は部下に言って、死体にソックスを穿かせた。裏返しのままだった。

第五章　亡者どもの邪欲

1

空気が重い。

新宿署の署長室だ。刈谷は、新津隊長と応接ソファに並んで腰かけていた。コーヒーテーブルの向こうには、本多署長が坐っている。

結城が殺害された翌日の午後三時過ぎだ。三人は日垣警部を待っていた。

「もう少し早く結城の潜伏先を突きとめてれば、本部事件の真犯人《ホンボシ》が明らかになってたでしょう。申し訳ありませんでした」

刈谷は署長に詫びた。

「きみに手落ちはないよ。謝ることはないさ」

「ですが……」

「日垣君が茨城県警から何か手がかりを得てくれただろうから、そんなに気を落とす必要はないよ」

「はい」

「きのうの報告によると、結城の片方のソックスは裏返しだったようだな」

「そうです。足の裏に火傷の痕がありましたので、結城が高圧電流銃《スタンガン》で意識を奪われてからロープで梁から吊るされたことは間違いないでしょう」

「公衆電話で事件通報する前に、きみら四人は現場を仔細《しさい》に観察したんだね」

「ええ。複数の足跡《ゲソ》が土間、板の間、庭先にありましたが、目につくような遺留品《リュウ》はありませんでした」

「そう。靴痕は二十五センチ以上だったのかな」

「片方は二十六センチで、もう一方は二十七センチ五ミリでした」

「結城を吊るしたのは、二人組の男なんだろう。どちらも小柄じゃないようだな、靴のサイズから察して」

「ええ。そう思われますね」

「結城の友人の証言だと、被害者《マルガイ》はやくざに追われてるんで廃屋に隠れてると語ったそうじゃないか」

新津隊長が話に割り込んだ。

「はい」

「結城は、郷原組の者に口を封じられたとは考えられないだろうか」

「舎弟頭補佐の友利と若頭の福士の両方を追及してみましたが、そういう気配は伝わってきませんでした。友利が結城を動かしてる人物を庇《かば》ってる様子はうかがえましたが……」

「しかし、結城は友人に組関係者に追われてると言ったんだ。郷原組の奴らを調べ直したほうがいいかもしれないぞ」

「日垣さんの話を聞いてから、場合によっては福士を改めて追い込んでみますよ」

刈谷は答えた。

その直後、署長室のドアがノックされた。

「遅くなりました。日垣です」

「入りたまえ」

本多が応じた。ドアが開けられ、日垣警部が入室する。

署長が自分の横のソファに日垣を坐らせた。

「うまく茨城県警から情報を探り出せたかな？」

「機捜《きそう》初動班はあまり協力的ではありませんでしたが、面識のある捜一の班長が少しばかり情報を流してくれました」

「そうか。司法解剖の所見から聞かせてくれないか」

「はい。結城の死亡推定日時は、きのうの午後三時から同三時半の間とされました。死因は、頸部圧迫による窒息死です」

「刈谷君が目認したという足の裏の火傷痕については？」

「やはり、スタンガンによる火傷痕でした。打撲傷や外傷はありませんでしたから、結城は刃物か銃器で威嚇《いかく》され、足の裏にスタンガンの電極を押し当てられたんでしょう」

「そうなんだろうな。犯人たちの遺留品は？」

「現場で二十三本の頭髪が採取されて、そのうちの十二本が被害者の髪の毛と断定されたそうです。しかし、残りの十一本は特定できなかったそうなんですよ」

「犯人は二人組と思われるが、残りの毛髪の中にどちらかのヘアが混じってた可能性はあるな。ＤＮＡの鑑定で、前科のある者の髪が混じってたかどうかわかるはずだが……」

「犯歴のある人間の頭髪は一本もなかったそうです」

「となると、結城殺しに郷原組は関与してなさそうだな」

「署長、そうとは言えないでしょう？　少数ではありますが、前歴のない組員もいますんで」

　新津が反論した。

「ああ、そうだね。しかし、犯歴のない組員が殺人の実行犯に指名されることはないだろう。そんなことは考えにくいよ」

「言われてみれば、そうですね」

「廃屋の土間や板の間に、犯人の靴から剝がれ落ちたと思われる泥や植物の類《たぐい》はなかったんだろうか」

　本多署長が日垣を顧《かえり》みた。

「土間には、ペルシャ絨毯《じゆうたん》の繊維片が八本落ちていたそうです」

「ペルシャ絨毯といえば、イランの特産品じゃないか」

「ええ、そうですね」

「麻薬密売をやってるイラン人のゴーラムホセイン・アリは、結城から内偵や手入れの情報を入手してたんだったな。刈谷君、そうだったね？」

「はい。犯人《ホシ》たちの着衣や靴からカーペットの繊維片が落ちることは、別に珍しくはないでしょう。しかし、限られた場所にペルシャ絨毯の繊維片が八本も落ちていたというのは何か作為《さくい》が感じられますね」

「ま、そうなんだが……」

「結城がイラン人たちに縛り首にされたと偽装工作した疑いは拭えません」

刈谷は異論を唱《とな》えた。

「確かに作為的な気もするが、何十万円、何百万円もする高価なペルシャ絨毯を自宅の居間や応接間に敷いてある日本人の数は少ないはずだ」

「そうだと思います。しかし、いないわけではありません。それに……」

「刈谷君、わたしに遠慮することはない」

「はい。その気になれば、ペルシャ絨毯の繊維片を入手することは可能です。大型家具店の中には、ペルシャ絨毯のサンプル片を用意してるところもあります。見本がなくても、展示商品の繊維片をこっそりと毟《むし》り取ることもできるでしょう」

「刈谷君は、加害者がイラン人の犯行と思わせるために事件現場にペルシャ絨毯の繊維片を八本わざと落としていったんではないかと推測してるんだね？」

「ええ」

「そうなのかな」

「署長は、ゴーラムホセイン・アリが手下たちに結城を始末させたと筋を読んでらっしゃるんですね？」

「郷原組が怪しくないとすれば、イラン人麻薬密売組織が臭い気がするな。結城が捜査関係者に捕まったら、麻薬取締官《マトリ》と繋がってたことが露見してしまうじゃないか」

「だからといって、アリは配下の者に結城を亡《な》き者にさせるでしょうか。殺人の実行犯ではなくても、殺人教唆罪は重いんです。アリはできるだけ長く日本にいて、荒稼ぎしたいと願ってるにちがいありません」

「それは、そうだろうね」

「ですんで、日本の刑務所にぶち込まれたり、母国に強制送還されるような真似はしないと思います。おそらく結城は、真の内通者に消されたんでしょう。メッセンジャーとして使っていた結城が口を割ったら、背後の人物は身の破滅ですから」

「ああ、それはわかるよ。しかし、中目黒の麻薬取締部捜査一課の中に暴力団や不良イラン人グループと黒い交際を重ねてる麻薬取締官がいるんだろうか」

「いるんでしょうね、そいつの顔がまだ透けてきませんが」

「堤仁というベテラン職員が臭いんだろうか」

「いいえ、堤が結城を代理人にしてたんではないでしょう。しかし、麻薬取締官の中に裏切り者がいるんだと思います」

「しかし、まだ容疑者と呼べるような奴は浮かび上がってきてないんだろ？」

「ええ、そうですね」

「だったら、一応、アリの一味をとことん洗ってみてくれないか。頼むよ。わたしは、結城殺しにはアリが関与してると思うんだよ。もしかしたら、アリが能勢昇太を日本人の無頼漢《ならずもの》に拉致させ、その後、池内美由紀を葬《ほうむ》らせたのかもしれないぞ」

「そうなんですかね」

「きのう、結城の実家の近くで刈谷君たち二人の様子をうかがってるイラン人らしい男がいたと言ってたね？」

新津が話に加わった。

「逃げた男はアリの手下かもしれないと思ったんですが、遺留品のペルシャ絨毯のことを聞いて、そうではないという気がしてきました」

「逃げた外国人は、アリのグループの一員ではないだろうってことか」

「そうです。イラン人でしょうが、逃げた男はアリとは繋がりがないんだと思います。一連の事件の首謀者がアリに罪を被せるために小細工を弄《ろう》したと推測すべきなんじゃないでしょうか」

「そうなんだろうか」

「日垣さん、廃屋の周辺で不審者たちを目撃したという証言は茨城県警に寄せられたんですか?」

　刈谷は問いかけた。

「そうした証言は寄せられてないそうだよ。チームの四人はよく知ってるだろうが、廃屋の近くには民家がないという話だった」

「ええ、そうでしたね。周囲は雑木林で、地元の人間もめったに近づかない場所のようだったな」

「だから、加害者たちは誰にも見られることもなく、犯行《ヤマ》を踏めたんだろう」

「そうなんだと思います。しかし、犯人たちはパラプレーンやハンググライダーで廃屋の近くに降り立ったんではないはずです」

「ああ、そんなことは考えられないね。夜陰に乗じて、結城の潜伏先に接近したんだろう」

　日垣が言った。

「そうなんでしょうが、加害者がアリの手下たちだったら、どこかで誰かに見られてるかもしれません。田舎では外国人の姿は目立つでしょうから」

「それは目立つだろうな」

「日垣さん、茨城県警から不審者の目撃情報をさらに聞き出していただけますか?」

「了解！」

「三人の部下とゴーラムホセイン・アリの動きを探ってみます」

刈谷は本多署長に顔を向けた。

「現場捜査歴が豊かってわけではないから、わたしの勘は外れてるかもしれないな。でもね、結城の事件にはアリが深く関わってるような気がしてならないんだ」

「そうですか」

「わたしの筋読みが外れてたら、チームのみんなに回り道をさせたことになってしまうんだが、刈谷君、ひとつ頼むよ。よろしくな」

署長がコーヒーテーブルに両手を掛け、頭を深く下げた。

「やめてくださいよ、そんなこと」

「推測が正しくなかったら、勘弁してくれないか」

「署長の筋の読み方のほうが正しいのかもしれませんよ」

刈谷はソファから立ち上がって、先に署長室を出た。

エレベーターで十階に上がり、捜査資料室に入る。律子、奈穂、堀の三人はソファに腰かけ、マグカップを傾けていた。

「すぐ主任のコーヒーを淹《い》れます」

奈穂が立ち上がって、ワゴンに歩《ほ》を運んだ。

「日垣警部は、茨城県警から手がかりをうまく探り出してくれたんすか？」

堀が問いかけてきた。刈谷は堀の隣のソファに坐って、日垣から聞いた話を部下たちに伝えはじめた。

話の途中で、奈穂がマグカップを刈谷の前に置いた。刈谷は短く礼を言って、話をつづけた。奈穂が律子の横のソファに腰を下ろす。

刈谷は自分の推測も喋り、部下たちに意見を求めた。最初に口を開いたのは、西浦律子だった。

「犯行現場にペルシャ絨毯の繊維片が八本も落ちてたなんて、いかにもわざとらしいわね」

「西浦さんも、そう思いますか」

「思う、思う。堀君も、そう感じるでしょ？」

「なんか作為的ですよね」

「小細工に決まってる。刈谷ちゃんが取り逃がした男もイラン人なんだろうけど、ゴーラムホセイン・アリの手下じゃないわよ」

「わたしも、そう筋を読みました」

　奈穂が、そう受けた。

「刈谷ちゃんが言ったように、メッセンジャーを使って郷原組の友利とイラン人麻薬密売グループのボスに内偵や手入れの情報を漏らしてた真の内通者が何者かに結城を片づけさせたと考えるべきだわね」

「そのスパイ麻薬取締官がアリに罪をなすりつけようとしてるんでしょう。西浦さん、そうですよね？」

「そう。刈谷ちゃんは、さすがね。そういうことだったんだろうな」

「西浦さん、本多署長はおれと違う推測をしてるんですよ」

「署長は、アリが配下の誰かに結城を自殺に見せかけて殺《や》らせたと思ってるわけ⁉」

「そうなんです」

　刈谷は、三人の部下に本多署長の勘について詳しく語った。すると、部下たちは苦く笑った。

「署長は切れ者だけどさ、事件捜査のベテランってわけじゃないわ。だから、見当外れな筋の読み方をするんでしょうね。でも、刈谷ちゃんが署長に頭まで下げられたんなら、無駄を承知でアリを少しマークしてみるほかないんじゃない？」

　律子が堀と奈穂を説得した。二人が苦笑しながら、ほぼ同時にうなずいた。

それから間もなく、新津隊長がアジトに駆け込んできた。

「刈谷君、能勢昇太の射殺体が八王子市の外れの雑木林の前で数十分前に発見されたよ」

「そうでしたか。遺体の状況は？」

「とうに殺されてると思ってたがね。能勢は骨と皮だけになって、別人のように瘦《や》せ細ってたらしい。多分、どこかに監禁されて少しの食べ物と水しか与えられなかったんだろうな」

「ええ、そうなんでしょう。どうして拉致して能勢をすぐに殺害しなかったんだろうか。それが謎です」

「そうだね。本多署長の筋の読み方は正しいのかもしれないぞ」

「え？」

「遺体のそばに貫通弾の弾頭が落ちてたそうなんだ。ライフルマークから、凶器はイラン製のＰＣ９、通称ゾアフと判明したんだよ」

「なんですって⁉」

「本多署長が推測したように、アリが能勢を第三者に拉致させた。そして、池内美由紀も始末させ、きのう、手下の者に結城を片づけさせたんじゃないのか」

「そうなんですかね」

「本庁の機捜初動班と八王子署がゴーラムホセイン・アリに迫る前に、うちのチームで一連の事件を落着させようじゃないか」

「わかりました」

刈谷は部下たちに目で合図して、ソファから立ち上がった。

2

警察車輛は見当たらない。

渋谷区西原《にしはら》二丁目の住宅街だ。刈谷はスカイラインの速度を落とした。五、六十メートル先に『クレール代々木上原』がある。アリの部屋は二〇一号室だ。

「機捜の初動班と八王子署は、まだ能勢の射殺にアリが関与してるとは疑ってないようね」

助手席で、律子が言った。

「そうみたいですね。しかし、凶器はイラン製の拳銃とわかったんです。不良イラン人グループの洗い出しをしてるはずですから……」

「じきにアリの麻薬密売組織の連中も捜査対象になるわよね?」

「ええ。その前に、ゴーラムホセイン・アリを締め上げましょう。アリが結城と能勢を誰かに片づけさせたとは思えませんが、何か知ってるでしょう。もしかしたら、自分の仕業《しわざ》に見せかけようとした人物に見当がついてるのかもしれない」

「わたしも、そう思うわ。それにしても、結城と能勢を殺《や》らせた犯人は見え見えの細工をしたもんね。廃屋にペルシャ絨毯の繊維片を落として、イラン製の拳銃で能勢を射殺させてる。作為が透けちゃうのに、なんでチャチな偽装工作をしたのかしら？」

「それだけ、首謀者は心理的に追い込まれてたんでしょう」

刈谷は言って、覆面パトカーをガードレールに寄せた。アリの自宅マンションの数十メートル手前だった。

刈谷とシングルマザー刑事は、日垣警部が用意してくれたアリの顔写真をすでに見ている。自宅から現われれば、すぐにわかるだろう。

アリは鷲《わし》を想わせる面立《おもだ》ちで、口髭を生やしている。昼間は自宅にいることが多いらしい。かつては日本人女性と同棲していたようだが、いまは独り暮らしをしているはずだ。

「能勢昇太は拉致されて間もなく命を奪われただろうと予想してたんだけど、どこかに長いこと監禁されてたようね」

「そうなんでしょう。犯人は、なぜ能勢をすぐに始末しなかったのか。そのことが謎だな」

「刈谷ちゃん、郷原組がイラン人グループに内偵や手入れの情報を漏らしてた奴は能勢を仲間に引き入れようとしてたんじゃない？」

「そうなんですかね」

「硬骨漢の能勢は頑《かたく》なに仲間入りを拒《こば》みつづけたんだろうな。そのうち、池内美由紀が能勢の行方を追いはじめた。そして、拉致の実行犯の二人組を割り出したんで……」

「首謀者はネイルサロンの経営者を始末させ、結城と能勢も片づけさせたんだろうか」

「そういう流れなんだと思うわ。堀君と奈穂は郷原組の事務所を張り込んで、若頭の福士幸司をマークしてるけど、無駄なんじゃないの？　郷原組は一連の事件ではシロと考えてもいいと思うな。内偵や手入れの情報を買ってただけよ」

「タイミングを計って、堀・入江班をこっちに呼んで合流させます」

「そのほうがいいわね」

律子が口を結んだ。

そのとき、薄茶のアルファードが『クレール代々木上原』の真ん前に急停止した。石畳のアプローチから二人の男が姿を見せた。柊展人とゴーラムホセイン・アリだった。

柊はアリの片腕を摑み、イラン人の脇腹に刃物を突きつけているようだ。アリがアルファードの後部座席に押し入れられた。柊がアリの横に乗り込む。

アルファードが走りはじめた。

「柊はアリを人のいない場所に連れ込んで、イラン人グループが一連の事件に関わってるかどうか吐かせるつもりなんでしょう。多分、アルファードを運転してるのは麻薬取締官《マトリ》の堤仁なんだと思います」

「柊たち二人は、警察よりも早く能勢を拉致させて射殺させた首謀者を割り出す気なのね」

「そうなんでしょう。アルファードを追尾します」

刈谷はスカイラインのギアをD《ドライブ》レンジに入れ、アクセルを踏み込んだ。

アルファードはだいぶ遠のいていた。だが、刈谷は慌《あわ》てなかった。アルファードは住宅街を抜けると、甲州街道を杉並方面に向かった。

刈谷は一定の車間距離を保《たも》ちながら、アルファードを追いつづけた。尾行に気づかれた様子はうかがえない。アルファードは道なりに進み、京王線高尾《たかお》駅の手前を右折した。直進し、八王子霊園を走り抜ける。

「柊たちは、アリを能勢が殺された現場に連れていく気なんじゃないのかな。射殺現場は八王子市の外れよね？」

律子が確かめた。

「美山《みやま》町の雑木林です。西浦さんが言った通りなんでしょう。この六十一号線の先に美山町があるはずですから」

「やっぱり、そうか。能勢が撃ち殺された場所で、柊展人たちはアリを締め上げるつもりなのよ」

「そうみたいですね。しかし、アリが結城と能勢を誰かに殺《や》らせたとは思えません」

「偽装工作の疑いが濃いからね。刈谷ちゃん、アリは池内美由紀殺しにもタッチしてないんじゃない？　結城と能勢の事件《ヤマ》には絡んでないようだから、多分……」

「イラン人グループは、一連の事件には関与してないはずですよ」

刈谷は言って、運転に専念した。

アルファードは美山町の外れで左折し、丘陵地に向かった。数キロ先には、刈寄山《かりよせやま》がある。刈谷は少し減速して、アルファードを追いつづけた。奥に進むにつれ、民家や畑が少なくなった。

いつの間にか、黄昏《たそがれ》が迫っていた。

やがて、アルファードが停まった。雑木林の横だった。能勢が射殺された現場だろう。

刈谷は、スカイラインをアルファードの四十数メートル後方に停めた。

「行こう」

律子が先に助手席から出た。刈谷もスカイラインを降り、前方に目をやった。三つの人影がちょうど雑木林の中に入っていくところだった。

刈谷たちは姿勢を低くして、雑木林に近づいた。

足音を殺しながら、雑木林の奥に進む。折り重なった枯葉がかさこそと音をたてた。二人は慎重に歩《ほ》を運んだ。

二十数メートル歩くと、視界が展《ひら》けた。樹木が疎《まば》らな平坦地にアリが坐らされていた。両脚を前に投げ出す恰好《かっこう》だった。

アリの前には柊が立っている。イラン人の斜め後ろには、堤仁がいた。二人ともアーミーナイフを握っている。刃渡りは十六、七センチだ。

律子がシグ・ザウエルＰ230ＪＰの銃把《グリップ》に手を掛けた。刈谷は無言で首を振った。律子が黙ってうなずく。

「おまえの手下が去年の十一月から監禁してた能勢を射殺したんだなっ」

柊が屈《かが》み込んで、アーミーナイフの刃をアリの首筋に密着させた。

「わたし、グループの誰にも人殺しなんかさせたことないよ」

アリは日本語が達者だった。ある時期、日本人女性と同居したことがあるからだろう。

「誰にも殺《や》らせてないって?」

「そうだよ」

「結城、池内美由紀、能勢の事件にはまったくタッチしてないと言うのか?」

「そう」

「金で雇った日本人の二人組に郷原組の友利の自宅マンションの近くで能勢を拉致させただけだと言うのかっ」

「そんなこともさせてない」

「しらばっくれてると、痛い目に遭《あ》わせるぞ」

「あんたたち、何か勘違いしてる。わたしはドラッグ・ビジネスをしてて、結城さんから捜査情報を教えてもらってただけ。荒っぽいことをしたのは、多分、郷原組の連中でしょ?」

「いや、転落死した友利は拉致や殺人にはタッチしてないようだった。おれたち二人は、郷原組はどの事件にも関わってないと判断した」

「でも、友利さんは結城さんから情報を流してもらってたんだよ。それから、麻薬取締部内の裏切り者を割り出そうとしてる能勢というGメンを消したがってた。友利さんが怪しいよ。違うか?」

「怪しい点はあるよな。しかし、やくざは殺人が割に合わないことをよく知ってる。だから、よっぽどのことがない限り人殺しなんかやらないだろう」

「わたしたちだって、同じさ。グループの誰かが殺人で捕まったら、もう麻薬ビジネスはできなくなるじゃないか。わたしたちは食べられなくなるわけだ。そんなこと、誰も望んでないよ」

「郷原組とアリたちのグループが能勢の事件にタッチしてないんだったら、結城を動かしてた内通者が疑わしいな」

堤がアリの前に回り込むなり、腹を蹴り込んだ。

アリが唸りながら、横に転がった。手脚《てあし》を縮め、ひとしきり呻いた。堤が退《さ》がる。

「あんた、現職のGメンだよな。こんなことをしてもいいのかっ。赦《ゆる》せないよ」

「善人ぶるな。おまえらは、薬物《クスリ》の密売で甘い汁を吸ってきた。いつでもメンバー全員を検挙できるんだ」

「…………」

「結城をメッセンジャーとして使ってたのは誰なんだ？」

「彼は、結城さんは自分のバックには柊展人がいると一度洩《も》らしただけだよ」

「結城の言葉を真《ま》に受けたのか。本当の裏切り者と結城が退職した柊をスパイに仕立てようとしたのさ」

「えっ、そうなのか⁉　てっきり結城さんを動かしてるのは……」

「おれじゃない。こっちが退職した後も、郷原組とおまえのグループは手入れを受けてないよな？」

「そういえば、そうだね」

柊がアリに訊いた。

「麻薬取締官を辞めた人間が暴力団や不良イラン人グループに情報を流せるか？」

「結城さんから教えてもらえば、それは可能じゃないか」

「そういう理屈になるが、それなら、結城がひとりでスパイ行為をしたほうがメリットがあるだろうが？」

「確かにそうだな」

「結城が情報を漏らしつづけてたのは、現職の上司とつるんでた証拠だよ。手入れの日時を決めてるのは主任、課長補佐、課長の三人なんだ」

「結城さんをメッセンジャーボーイにしてたのは、その三人のうちの誰かなのか？」

アリが上体を起こし、堤を見上げた。

「だろうな。結城を動かしてた人物は誰なんだっ。おまえは察しがついてるんだろうが！」

「結城さんが謝礼代わりにちょくちょく純度の高い覚醒剤《シャブ》をくれと言ったんで、スパイは彼ひとりじゃないと思ってはいたよ。最初のころは、結城さんがネットの裏サイトで麻薬《クスリ》を密売して遊ぶ金を捻《ひね》り出してると考えてた。だけど、量がだんだん増えたんで、黒幕が密《ひそ》かにドラッグの密売をしてるんじゃないかと……」

「その黒幕が柊ではないかと疑ったわけか」

「そうね」

「柊は、そんなことをするような男じゃない。そのことは、おれがよく知ってる」

「だけど、結城さんは柊さんに使われてると言ってたんだよな」

「闇の奥に隠れてる内通者が、結城にそう洩らせと指示したんだろう。それはそれとして、おまえは結城を動かしてた奴を庇《かば》ってるんじゃないのか？」

「わたしは嘘なんかついてないっ」

アリが苛立《いらだ》たしそうに喚《わめ》いた。堤が前蹴りを放った。

顎を蹴り上げられたアリが斜め後ろに倒れた。全身を丸め、動物じみた声を発しはじめた。

「こいつはシラを切ってるんじゃない気がしますね」

柊が堤に声をかけた。

「そう感じたか？」

「ええ。課長補佐の竹中繁晴《たけなかしげはる》が最近、レクサスを買ったという話でしたよね？」

「ああ。そんな余裕はないはずなんだが、急に金回りがよくなったんだとしたら、ちょっと怪しいな」

「そうですね。主任の内野卓《うちのすぐる》はどうです？」

「内野はシロだろう。それから香田課長は官舎で地味な暮らしをしてるから、内部の情報を流してるとは思えないな」

「消去法でいくと、竹中が疑わしいですね。一応、揺さぶりをかけてみましょう」

「柊、おまえはもう手を引いてくれ。後《あと》は、おれひとりで裏切り者を見つけるよ。柊は、もう退職してるんだからさ」

「確かに現職じゃありませんが、何かと期待してた能勢が監禁された後、ここで射殺されたんです。八王子署にいる知り合いの刑事に初動捜査の情報を流してもらったら、凶器はゾアフと呼ばれてるイラン製の拳銃だとわかったんで、てっきりアリが手下の者に能勢をシュートさせたんではないかと直感したんですがね」

「イラン製のピストルは裏社会には出回ってない。おれも柊と同じように、アリが能勢の口を塞《ふさ》がせたんだと思ったよ。その前に結城を自殺に見せかけて始末させたと睨んでたんだが、どうやら筋の読み方が違ってたようだな」

「そうみたいですね」

「柊、ここで別れよう。本当に後はおれひとりで調べる」

「堤さん、おれは手を引きませんよ。たとえ自分ひとりでも、一連の事件を嗅ぎ回ります。目をかけてた後輩の能勢が殺されたんです。あいつを早く成仏させてやりたいんですよ」

「無器用な男だ」

「堤さんだって、同じでしょ？　能勢に目をかけてたとしても、多くの同僚たちは個人的に弔《とむら》い捜査まではしないでしょうからね。とにかく、おれは引き下がりません」

「わかったよ。二人で、竹中課長補佐をちょっと揺さぶってみよう」

堤がアーミーナイフを折り畳み、ダウンパーカのポケットに収めた。

「日本の刑務所に入りたくなかったら、仲間と一緒に東京入管に出頭してイランに戻るんだな」

柊がアリに言って、刃物を懐に突っ込んだ。

「イランに帰ったら、すぐにわたしたちは刑務所に入れられるに決まってる」

「だから、なんなんだ？」

「仲間と一緒に西日本に高飛びするよ。たっぷり謝礼を払うから、あなたたちの力を借りたいんだ」

「ふざけんな」

「真面目《まじめ》な相談ですよ」

アリが縋《すが》るような目を柊に向けた。柊が口の端を歪《ゆが》め、横蹴りをアリに浴びせる。アリが横転して、また全身を縮めた。

「刈谷ちゃん、どうする？　柊と堤を銃刀法違反で緊急逮捕しちゃう？」

律子が低く問いかけてきた。

「身柄《ガラ》を押さえたら、面倒なことになるでしょ？」

「ええ、そうね。見逃してやったほうがいいか？」

「そうしましょう」

刈谷は即答した。柊と堤が雑木林から出て、アルファードに乗り込む気配が伝わってきた。

刈谷は律子を従えて、アリに歩み寄った。アリが気配で、半身を起こした。

「あなたたちは誰なの？」

「新宿署の者だ」

刈谷は警察手帳の表紙だけを見せた。律子も同じようにした。

「わたしを捕まえに来た？」

「捜査に協力してくれるんなら、麻薬密売の件は目をつぶってやろう。おれたちは、去年の十一月に行方がわからなくなった麻薬取締官と池内美由紀の事件を非公式に調べてきたんだ。郷原組かイラン人麻薬密売グループが二つの事件に関わってると思ってたが、どうやら推測は外れたようだ。おれたちは代々木上原から、アルファードを尾《つ》けてきたんだよ」

「そうなのか」

「立ち去った二人とそっちの遣り取りは一部始終、聞いてた。結城を自殺に見せかけて縛り首にし、能勢をイラン製の拳銃で撃ち殺したのはそっちの手下じゃなかったようだな」

「わたしは、メンバーに拉致や殺人なんかやらせてない。どうか信じてほしい」

「結城から手入れの情報を流してもらって、謝礼金と上物の覚醒剤なんかを渡してただけなのか？」

「そう！　それだけね」

「悪いようにはしないから、結城の共犯者を教えてよ。共犯者というよりも、主犯だわね。あんた、結城をメッセンジャーにしてた内通者が誰なのか知ってるんでしょ？」

律子が口を挟んだ。

「本当に知らないんだ」

「あんた、役者志望だったんじゃない？」

「どういう意味なのか、わたし、わかりません」

「芝居がうまそうだって意味よ」

「演技なんかしてない」

アリが立ち上がりそうになった。律子がシグ・ザウエルＰ230ＪＰを引き抜き、スライドを滑らせた。

「抵抗したら、迷わずに撃つわよ」

「わたし、信じられない。刑事がこんな荒っぽいことをするなんて。クレージーだ」

「いいから、ちゃんと坐って！　結城とつるんでた奴の名は？」

「知らないものは知らないよ。どう答えろと言うんだっ」

アリが気色《けしき》ばんだ。

律子が安全装置を掛け、拳銃をホルスターに戻した。アリの顔に安堵《あんど》の色が差す。

「イラン製のＰＣ９、通称ゾアフは母国からパーツを複数の国際宅配便に紛《まぎ》れ込ませて日本で受け取り、組み立てたんだな？」

　刈谷は訊いた。

「そう。実包は工具類の溝にネジと一緒に密着させれば、まず見つからない」

「ゾアフは何挺あるんだ？」

「十八挺あったんだけど、いまは十七挺しかない。どうしても譲ってくれと五十万円差し出されたんで、十発の実包付きで売ったんだ」

「売った相手は日本人なのか？」

「違う。顔見知りのタイ人の男だよ。タネート・ソンティという名で、三十二、三歳かな。一匹狼のアウトローで、やくざやチャイニーズ・マフィアなんかの下働きをしてる。そのほかのことは知らないけど、歌舞伎町でよく顔を合わせてたんだよ」

「ゾアフを売ったのは、いつなんだ？」

「去年の十二月下旬だったね。ノーリンコ54なら、実包付きで十数万円で買えるのに、ソンティも変な奴だよ。確かに中国でパテント生産されてるノーリンコ54よりも、イラン製のＰＣ９のほうが性能はいいけどね」

「タネート・ソンティという男は誰かに頼まれて、どんなに高価でもゾアフを手に入れる気だったんだろう」

「なんのために？」

「能勢はイラン人麻薬密売グループに射殺されたと思わせたかったからにちがいない」

「わたしに罪をなすりつけたかった。そういうこと？」

「多分ね。タイ人にゾアフを手に入れさせた人物が結城の背後にいたんだろう」

「そうだとしたら……」

　アリが考える顔つきになった。

「一連の事件の首謀者だと思うよ。その黒幕は、結城と能勢をおまえたちが始末したことにして、捜査圏外に逃げようと画策したんだろう」

「汚い奴だ。結城を使ってた人間を必ず見つけ出して、仕返しをしてやる。倍返しだ」

「つまらないことは考えないで、手下と一緒に麻薬密売をやめるんだな。出頭すれば、少しは刑が軽くなるだろう」

　刈谷はアリに言って、目顔で律子を促した。

　二人は雑木林に出ると、スカイラインに戻った。エンジンを始動させたとき、堀から刈谷に電話がかかってきた。

「郷原組の事務所の近くの物陰で張り込んでた入江が、東南アジア系の男に腕を引っ摑まれてワンボックスカーに押し込まれそうになったんすよ」

「それで？」

「二人が揉み合ってたんで、自分が相手の男を組み敷きました。男はタイ国籍で、タネート・ソンティと名乗ったんです。作り話でしょうが、タイ人は江守正敏《えもりまさとし》という五十五、六歳の男に入江奈穂を引っさらってくれと頼まれたんだと供述しました」

「そうか。その男の身柄は確保してあるんだな？」

「それが逃げられちゃったんですよ。タイ人は隠し持ってた拳銃を通行人に向けながら、逃走したんす。一般市民が被弾したら、事でしょ？　だから、自分らは反撃できなかったんですよ。すみません！」

「仕方ないさ。こっちは少し手がかりを摑んだよ」

　刈谷は経過を伝え、堀・入江班にアジトにいったん戻れと指示した。それから、律子に通話内容を教える。

「江守正敏という五十代半ばの男に頼まれて、タネート・ソンティというタイ人は奈穂を引っさらおうとした？　刈谷ちゃん、確かそう言ったわよね？」

「ええ。西浦さん、どうしたんです？　いつもと様子が違うな」

「同姓同名かもしれないけど、娘の父親が毎朝日報社会部部長の江守正敏なのよ」

「えっ」

「同姓同名だろうね。彼は正義感の塊《かたまり》みたいな男性《ひと》だから、外国人を使って何か悪いことをするわけないわ。ちょっと待って。ひょっとしたら、誰かが娘の父親を何らかの理由で陥れようとしてるのかもしれないわよ」

律子が言った。

「多分、同姓同名でしょう」

「だといいんだけど……」

「署に戻ります」

刈谷は車を走らせはじめた。車内は沈黙に支配されていた。

3

コーヒーが運ばれてきた。

築地《つきじ》にある毎朝日報東京本社近くの喫茶店だ。午後八時を回っている。

刈谷は、部下の奈穂と奥のテーブル席に並んでいた。律子といったん新宿署に戻り、新聞社を訪れたのだ。

社会部の江守部長は社内にいた。刈谷は受付で身分を明かして、江守との面会を求めた。江守は打ち合わせ中だったらしく、この店で待っててほしいと受付嬢に言ったそうだ。こうして刈谷たち二人は、この店に入ったのである。

堀・西浦コンビは、麻薬取締部捜査一課の竹中繁晴課長補佐を尾行中のはずだ。

「タネート・ソンティというタイ人は、江守正敏という五十代半ばの男にわたしを引っさらってくれと頼まれたと吐いたんだけど、その依頼人が西浦さんが命懸けで愛した相手ではないことを祈りたいわ」

奈穂が小声で言った。

「おれも同じ気持ちだよ。しかし、おそらく同姓同名の別人ではないんだろう。そんな気がしてるんだ」

「西浦さんが主任に話してたように、社会部の江守部長は何らかの理由で誰かに陥《おとしい》れられようとしてるんでしょうか？」

「熱血記者だという話だから、権力者に逆恨《さかうら》みされてるのかもしれないな」

「それ、考えられますね」

「西浦さんが言ってたように、江守氏が何か犯罪に手を染めるなんてことは考えられない。多分、西浦さんの昔の彼氏は有力者の裏の貌《かお》を暴《あば》こうとしたんだろうな。それで、嵌められそうになったんだと思うよ」

刈谷は言って、コーヒーをブラックで啜《すす》った。コーヒーカップを受け皿に戻したとき、懐で刑事用携帯電話《ポリスモード》が着信した。

刈谷は手早くポリスモードを摑み出した。発信者は堀だった。客は少なかった。刑事用携帯電話を耳に当てる。

「課長補佐の竹中はレクサスを現金で去年の十月に買ってますね」

「安くない車なのに、ローンを組んでないのか」

「そうなんですよ。でも、別に竹中課長補佐はダーティーなことをして臨時収入を得たんじゃないと思うっす。近所で聞き込みをしてみたんですけど、竹中の奥さんは去年の夏に亡母の遺産を千四、五百万円相続したことがわかったんすよ」

「そういうことなら、レクサスは義母の遺産で買ったんだろう」

「だと思いますよ。竹中課長補佐が結城をメッセンジャーとして使ってた疑いはないっすね。シロと思ってもいいんじゃないですか」

「そうだな」

「内野卓って主任を一応、洗ってみたほうがいいっすか?」

「いや、その必要はないだろう。西浦さんと歌舞伎町を少し車で流してみてくれよ。取り逃がしたタネート・ソンティが歌舞伎町に舞い戻ってるかもしれないからな」

「了解しました。逃げたタイ人が雇い主だと言った江守正敏というのは、毎朝日報の社会部部長だったんすか？」

「まだ未確認なんだよ。面会には応じてくれることになったんだが、打ち合わせ中みたいなんだ。で、おれたちは毎朝日報東京本社の近くにある喫茶店で待ってるんだよ」

「そうなんですか」

「そばに西浦さんがいるのか？」

「いいえ。自分、コンビニのトイレを借りたついでに主任に連絡したんっす。西浦さん、ずっと不安そうなんですよ。毎朝日報に電話して、直《じか》に昔の恋人に誰に恨まれてるのか訊きたがってましたね。でも、江守さんに内緒で子供を産んだことを覚《さと》られるのを恐れてるみたいっす。相手の心を掻き乱したくないと悩んでる様子だったな」

「堀、西浦さんに先走って江守氏に電話で確かめないでくれと伝えてくれ」

「わかりました。自分らは、これから歌舞伎町に行くっすね」

堀が通話を切り上げた。刈谷はポリスモードを折り畳んで、奈穂に堀との会話をかいつまんで話した。

それから間もなく、店に五十五、六歳の男が入ってきた。知的な顔立ちで、白髪混じりだった。江守正敏だろう。

刈谷は立ち上がった。ワンテンポ遅れて、奈穂が椅子から腰を浮かせる。

「新宿署の方たちですね」

男が歩み寄ってきた。やはり、社会部の部長だった。三人は自己紹介し合って、席についた。

江守は刈谷の前に坐り、カフェ・オ・レをウェイトレスにオーダーした。ウェイトレスが下がる。

「仕事柄、一日に十杯近くブラックでコーヒーを飲んでるんで、たまに紅茶かカフェ・オ・レを注文してるんですよ」

「時々、胃を労《いたわ》ってるわけですね。早速ですが、数時間前に連れの入江が歌舞伎町で張り込み中にタイ人の男に拉致されかけたんですよ」

刈谷は言った。

「それは災難でしたね。そのことが何かわたしに関係があるんですか？」

「タネート・ソンティと称した男は、江守正敏なる人物に入江刑事を引っさらってくれと頼まれたと供述したんですよ。あなたと同姓同名に過ぎないと思いつつも、念のために確認させてもらいに来たわけです」

「タイ人男性には、ひとりも知り合いがいないな」

「そうですか。それなら、雇い主は別人なんでしょう。あるいは、誰かがあなたを陥れたくて……」

「タネート・ソンティというタイ人は何者なんです？」

「一匹狼のアウトローみたいで、暴力団や外国人マフィアの下働きをいろいろやってるようです。イラン人麻薬密売グループのボスから、ゾアフと呼ばれてる拳銃を実包と一緒に買ってるんですよ」

「ゾアフですか？」

江守が訊き返した。

「ええ。それは通称で、正式にはＤＩＯモデルＰＣ９というイラン製の拳銃です。弾倉は複列式で、九ミリ弾が十五発収まります」

「その拳銃で、去年の十一月から行方不明だった麻薬取締官が八王子の雑木林で射殺されたんじゃなかったかな」

「ええ、そうです」

「タネート・ソンティというタイ人が麻薬取締官を撃ち殺した疑いがあるわけか。確か被害者は能勢昇太という名で、その彼の行方を追ってた元ショーダンサーの池内美由紀という女性も去年の十二月上旬に扼殺されたんだったな」

「そうなんです。捜査中なんで詳しいことは話せませんが、麻薬密売に関わってる人間があなたを陥れようと企んでるのかもしれないんですよ」

「ええっ⁉」

「何か心当たりはありませんか？」

刈谷は問いかけ、上体を反らした。ウェイトレスがカフェ・オ・レを運んできたからだ。話が中断した。ウェイトレスが遠のくと、江守が呟いた。

「まさかあのことが……」

「思い当たることがおありなんですね？」

入江奈穂が刈谷よりも先に口を開いた。

「ええ、まあ」

「江守さん、捜査にご協力願えないでしょうか。捜査本部事件に絡んで、すでに二人の麻薬取締官が殺害されました。場合によっては、今後も犠牲者が出るでしょう」

「しかし、確証のあることではないんでね」

「わたしたちは新聞記者ではありません。スクープ種を横奪《よこど》りするわけではないんですから、なんとか……」

「わかりました。実は去年の秋、社会部《うち》で麻薬撲滅キャンペーンを張る予定だったんですが、外部の圧力によって企画を潰さざるを得なくなってしまったんです」

「闇の勢力が威《おど》しをかけてきたんですか？」

「脅迫者の正体は、いまもわかっていません。社のある重役の息子が覚醒剤に溺れてた時期があることを暴露されたくなかったら、麻薬撲滅キャンペーンを中止しろという脅迫状がトップ宛に送られてきたんですよ」

「ある重役の息子さんが麻薬の虜《とりこ》になってた時期があったというのは、事実だったんでしょうか？」

「残念ながら、それは事実でした。いまはドラッグと縁が切れてますが、本当のことだったんですよ。父親である役員は会社に迷惑をかけたくないと辞表を書いたんですが、会長と社長は慰留《いりゅう》しました。正体不明の脅迫者は、そのことも知ってました。脅迫に屈《くっ》したら、新聞記者失格です。わたしは会長、社長、副社長にキャンペーンは中止すべきではないと直訴しました。すると、会長宛にもう一通の脅迫状が届いてることがわかったんです」

「その脅迫内容は？」

刈谷は早口で問いかけた。

「麻薬撲滅キャンペーンを張ったら、東京本社と大阪本社を同時に爆破すると予告されてたんです。単なる威嚇ではないとアピールしたかったらしく、軍事炸薬《さくやく》が同封されてました」

「そうなんですか。そこまでされたら、社員たちを見殺しにするわけにはいかなくなるでしょうね」

「ええ。悔しかったんですが、企画は保留にせざるを得なくなりました」

「毎朝日報を脅迫した奴は、麻薬密売でおいしい思いをしてるんでしょう」

「わたしもそう睨んだんで、暴力団の動きを部の者たちに調べさせました。わたし自身は厚労省の高官から内偵対象リストを提供してもらって、主な密売組織を洗ってみたんです。しかし、脅迫者を絞り込むことはできませんでした」

江守が吐息をついた。カフェ・オ・レには口をつけようとしなかった。

「謎の脅迫者は麻薬撲滅キャンペーンを企画された江守さんを困らせて、あわよくば麻薬《マ》取締官《トリ》殺害計画の首謀者に仕立てたかったんでしょう」

「あなたの推測にケチをつける気はないんですが、麻薬《マ》取締官《トリ》たちと敵対してるわけじゃないんですよ。わたしが第三者に麻薬取締官たちを始末させたと偽装すること自体に、いささか無理があるでしょ？」

「麻薬取締官《マトリ》と新聞記者は味方同士で、共同戦線を張れる関係と言えるでしょう。ですが、毎朝日報の重役の倅《せがれ》がある時期、麻薬にハマってたということでしたよね」

「ええ」

「そのことは当然、麻薬取締官《マトリ》たちも薄々、気づいてたんでしょう。検挙することになってたとも考えられます。しかし、対象者はそのへんのチンピラではありません。新聞社の重役の息子となれば、慎重にならざるを得ないでしょ？」

「それで、重役の息子の摘発を先送りにしてたのではないかとおっしゃるわけか」

「まるで考えられないことではないと思うんですよ。もしかしたら、毎朝日報と関わりのある有力者が厚労省に圧力をかけて重役の息子の摘発を中止させたのかもしれませんね」

「そんなことはしないと思うがな、新聞人としての自覚と誇りがあるはずだから」

「しかし、親子の情愛があります。出来の悪い子供の不祥事を関係者に頭を下げまくって、揉み消してもらった各界の名士は少なくないはずですよ」

「会社の上層部の者が件《くだん》の重役の息子の犯罪を揉み消してくれないかと関係筋に働きかけたんだろうか」

「そうなのかもしれませんよ」

「だとしたら、関東信越厚生局麻薬取締部の職員たちは重役の息子が一時期、覚醒剤に溺れてたことを知ってるんだろうね」

「そうでしょう」

「まさか麻薬取締部の職員が撲滅キャンペーンを阻止したんではないだろうな」

「そういうことが絶対にないとは言い切れないでしょうね」

刈谷は言った。江守が驚いた表情になった。

「しかし、いくらなんでも……」

「自殺に見せかけて茨城の廃屋で縛り首にされた麻薬取締官の結城航は、内偵や手入れの情報を暴力団やイラン人の麻薬密売グループに流してたんです」

「えっ、そうだったのか。社会部《うち》は、まだそのことは知りませんでした」

「江守さん、そのことはまだ記事にしないでくださいね。結城が内通者だったことは間違いありませんが、裏切り者はひとりじゃないんですよ。結城をダミーのスパイに仕立てた人間が麻薬取締部にいるはずなんです」

「そうなんですか⁉　にわかには信じられない話だな」

「主任……」

奈穂が当惑顔になった。捜査中の事案に関することを部外者に話すことは厳禁だった。

刈谷はあえてルールを破り、手の内を見せた。毎朝日報社会部から何か新しい手がかりを得られるかもしれないと期待したからだ。

「いいんだよ」

刈谷は部下に言って、江守に顔を向けた。

「結城の上司が拉致や二件の殺人事件に絡んでる疑いもあるんですよ」

「そうだとしたら、世も末だな。体を張って麻薬を撲滅しようとしてる麻薬取締官たちがほとんどなんだろうが、密売組織と通じてる者がいるとしたら、とんでもない話じゃないか」

「ええ、そうですね」

「そこまで堕落したのは、なぜなんだろうか」

「自分の職務が虚しくなったんでしょうね。命懸けで麻薬の取り締まりをしても、ドラッグに走る奴らはいっこうに減ってません」

「そうだね。それだからといって、摘発しつづけなければ、日本は麻薬天国になってしまうでしょ？　無法国家に成り下がったら、人心は荒廃する一方だろう」

「江守さんのおっしゃる通りなんですが、ベテランになるほど徒労感を覚えるんでしょう。おそらく結城を操《あやつ》ってた上司もすっかり意欲を失って、金を追う気になったんだと思います」

「そうなんだろうか」

「その人物は暴力団や不良外国人グループに内偵や手入れの情報を流してることを仕事熱心だった能勢取締官に知られてしまったんで、荒くれ者の二人組に拉致させたんでしょう。ずっとどこかに能勢を監禁してたのは、ひもじい思いをさせて抱き込むつもりだったんだと推測できます」

「仲間にならなかったんで、タネート・ソンティとかいうタイ人にイラン製の拳銃で能勢取締官を撃ち殺させたんだろうか」

「そうだったんでしょう。イラン製の拳銃を使わせたのは、アリという男の密売グループの犯行と見せかけたかったからなんでしょうね」

「そうなんだろうな」

「能勢の行方を追ってた池内美由紀は、結城を動かしてるベテラン麻薬取締官を突きとめたにちがいありません」

「だから、その黒幕は何者かに池内美由紀を扼殺させ、その後、メッセンジャーを務めてた結城を片づけさせたのか」

「そんなふうにストーリーを組み立てられるんですが、肝心の首謀者が見えてこないんですよ」

「とか言ってるが、おおよその見当がついてるんじゃないのかな。そんなふうに見えますがね」

「その手には引っかかりませんよ」

「読まれてしまったか」

江守がばつ悪げに言って、ようやくカフェ・オ・レに口をつけた。刈谷たち二人もコーヒーカップを傾けた。

「西浦律子さんは新宿署の捜査資料室にいるんだってね。昔、彼女にいろいろ世話になったんですよ」

江守が刈谷を見ながら、懐かしそうに言った。

「西浦さんは元気ですよ」

「それはよかった。噂によると、シングルマザーになってるらしいね」

「そうみたいですよ。私生活のことはあまりよく知りませんが、娘さんは確か高校生なんじゃないのかな」

「そう。その娘《こ》の父親は西浦さんと結婚できない事情でもあったんだろうが、女手ひとつで子供を育て上げるのは並大抵じゃないだろうな。西浦さんは勁《つよ》い女性だが、挫《くじ》けそうになったこともあったにちがいない」

「そうでしょうね」

「何か困ったときは、わたしに相談してくれればよかったのに。西浦さんには長いこと会ってないが、彼女には本当に世話になったし、迷惑をかけたんですよ。その借りをいつか返したいと願いつづけてきたんだが、なかなかチャンスがなくてね」

「西浦さんは見返りなんか期待してないと思いますよ。凛《りん》とした生き方をしてるから、素敵なんです。わたし、西浦さんに憧れてるんです」

奈穂が言った。彼女は、江守の鈍感さに少し苛立《いらだ》ったのではないか。

律子は江守の妻子を悲しませたくなくて、哀《かな》しい嘘をついて惚れた相手に背を向けた。その切なさを感じ取れなかったのか。

律子が江守の子供を密かに産んで育ててきた事実を刈谷も危うく口走りそうになった。

「律子さん、いや、西浦さんによろしく伝えてください。わたしは、もう少しここにいます」

江守が遠くを見る眼差《まなざ》しになった。律子と過ごした日々が脳裏に蘇《よみがえ》ったのだろう。

刈谷たち二人は先に喫茶店を出た。プリウスは裏通りに駐《と》めてある。

裏通りに足を踏み入れたとき、堀から刈谷に電話があった。

「逃げたタネート・ソンテイを西武新宿駅に隣接してるホテルのロビーで見つけました。

タイ人は四十二、三歳の男とロビーのソファに並んで坐って何かひそひそと話して、すぐに別れました。これから、その男が乗ったタクシーを尾けるとこです」

「堀、そいつの正体を必ず突きとめてくれ。頼んだぞ」

刈谷は叫ぶように言って、通話終了キーを押した。

4

意想外の流れになった。

前夜、新宿のホテルでタイ人のタネート・ソンティと接触したのはベテラン国会議員の公設第一秘書の古賀恭一郎《こがきょういちろう》だった。四十一歳の古賀は福岡県出身で、民自党の奈良邦明《ならくにあき》議員に仕えている。

奈良は六十三歳で、選挙区の三重県で観光バス会社を経営する実業家でもあった。閣僚経験こそないが、与党の古参議員だ。

刈谷はアジトのソファに坐り、煙草を喫《す》っていた。三人の部下たちも押し黙っている。自分と同様に、メンバーもタイ人のアウトローと国会議員秘書の結びつきが読めないのだろう。

「ソンティと会ってた古賀という男が、まさか奈良議員の公設第一秘書とは思えなかったすよ」

向かい合った堀刑事が刈谷に言った。

「秘書の古賀は平河町《ひらかわちょう》にある奈良の事務所を出てから、まっすぐ恵比寿《えびす》の自宅マンションに戻ったという話だったな」

「そうです。古ぼけた賃貸マンションに住んでましたんで、何か悪さをしてるようには見えなかったですね。でも、古賀はタイ人のソンティを雇ってるようっすから、危《ヤバ》いことをしてるんだろうな」

「公設第一秘書なら、年収七、八百万円はあるだろう。妻子に贅沢《ぜいたく》はさせられなくても、暮らしに困ることはないはずだ。おそらく古賀は奈良議員の指示で動いてるにちがいない」

「刈谷ちゃん、奈良邦明は三重で観光バス会社を経営してるのよ。ダーティー・ビジネスには手を染めてないんじゃない?」

隣席で、律子が言った。

「事業を手広くやってても、赤字になることはあるでしょ? それから、新たな投資で大きな損失を出すこともあると思います」

「ええ、そうだろうね。でっかい負債があったら、非合法な手段で手っ取り早く荒稼ぎしたくなるかもしれないな。けどさ、奈良邦明は国会議員なのよ。危《ヤバ》いことをやってて、それが発覚したら、一巻の終わりでしょ？」

「それだけ切羽詰まってたとも考えられますよ」

「そうだね。奈穂はどう思う？」

「国会議員たちは政治活動にお金がかかるようで、ヤミ献金を受け取ってる者もいますよね。族議員たちは大企業のために官僚を抱き込んだりして、謝礼を得てるでしょ？」

「うん、そうね。大口詐欺の片棒を担《かつ》いで失脚した議員もいるし、収賄《しゅうわい》で起訴された議員は何人もいるわ」

「そうしたことを考えると、奈良議員が公設第一秘書の古賀恭一郎に何かダーティー・ビジネスをやらせてる疑いもある気がしますね」

「そっか」

「おれも、奈良は何か古賀にやらせてる気がするっすね」

堀が誰にともなく言って、マグカップを手に取った。四人分のコーヒーを淹れたのは奈穂だった。

「奈良の事務所を少し張り込んでみるべきだろうな」

刈谷は部下たちに言って、短くなった煙草の火を消した。

その直後、新津隊長がアジトに入ってきた。緊張した顔つきだ。

「何か動きがあったようですね」

刈谷は反射的に椅子から立ち上がった。三人の部下が倣《なら》う。

「高田馬場にある郷原組の麻薬秘匿《ひとく》倉庫から今朝《けさ》未明、隠されてた薬物が何者かにごっそりと盗まれた」

「総量は？」

「それは把握できてないが、おそらく数十キロだろう。郷原組の幹部たちは、麻薬を隠してた事実を認めてない。当然だろうな。被害事実を認めたら、逮捕される組員が続出するわけだから」

「そうですね」

「それから、やはり今朝未明に関東共和会の企業舎弟《フロント》三社に何者かが侵入し、やくざマネーをことごとく持ち去った。被害額はわかってないが、併《あわ》せて十億円以下ということはないだろう」

新津隊長が被害に遭《あ》った社名を明かした。いずれも郷原組のフロントではなかったが、関東共和会の中核組織の息のかかった会社だった。

「防犯カメラに犯人たちの姿は映ってなかったんですか？」

　堀が隊長に問いかけた。

「犯行前、侵入者は防犯カメラのレンズにカラースプレーを噴《ふ》きつけてた。二人とも、アイスホッケー用のマスクを被ってたらしい。偽装工作と思われるが、麻薬秘匿倉庫とフロントの一社には、港友会《こうゆうかい》の幹部バッジがそれぞれ遺留されてた」

「港友会は伊勢佐木町《いせざきちょう》を縄張りにしてる組織で、覚醒剤《シャブ》の密売を主なシノギにしてるんですよ。けど、いかにも作為的っすね」

「郷原組の薬物《クスリ》と三社のフロントから現金《ゲンナマ》を奪った犯人たちは、港友会の犯行《ヤマ》に見せかけたかったんだろう」

「そうだと思いますね。郷原組と港友会は数年前、密売エリアを巡って対立してました。それだから、ドラッグとやくざマネーを強奪した奴らは港友会の仕業に見せかけたんでしょう？」

「郷原組と港友会が以前いがみ合ってたことを知ってるのは、警察関係者と厚労省の麻薬取締部の人間だけだろうな？」

　刈谷は、元暴力団係だった堀に確かめた。

「ええ、そうでしょうね。新聞記者《ブンヤ》も、そのことは知らないでしょう」

「となると、薬物とやくざマネー強奪を企《たくら》んだのは麻薬取締官《マトリ》臭いな」

「そうですね」

「刈谷君、二班に分かれて奈良の事務所と中目黒の麻薬取締部捜査一課に張りついてみてくれないか」

新津が言った。

「わかりました」

「国会議員の奈良は何か理由《わけ》があって、大金を工面しなければならなくなったんではないだろうか。それで、麻薬取締官《マトリ》の誰かと共謀して郷原組の麻薬と関東共和会の企業舎弟《フロント》のプール金を奪う気になったんだろう。刈谷君、わたしの筋の読み方はどうだろう？」

「大筋は、その通りなんだと思います」

「日垣警部に奈良議員の資産状況と血縁者たちのことも調べるよう頼んでおいたよ。何か手がかりを摑んでくれるだろう」

「堀と入江を中目黒に行かせます。西浦さんとおれは、平河町の奈良事務所に張り込むことにしますよ。別に問題ありませんね？」

刈谷は新津に言った。新津が大きくうなずいた。

そのとき、隊長席の上で内線電話が鳴った。新津が自分の机に歩み寄り、受話器を持ち上げた。遣り取りは短かった。

「受付からだ。刈谷に面会の申し入れがあったらしい」

隊長が受話器を置いて、そう告げた。

「鈴木《すずき》と名乗った男だそうだ」

「同じ名の友人が何人かいるが、誰なのかな」

「階下《した》に行けば、わかるだろう」

「そうですね。ちょっと行ってきます」

刈谷は捜査資料室を出て、エレベーター乗り場に急ぐ。新宿署の受付ロビーは二階にある。

ほどなく刈谷は、エレベーターで受付ロビーに下《くだ》った。受付カウンターの向こうにたたずんでいたのは柊展人だった。刈谷は柊と向かい合った。

「八王子の雑木林では、おれたち二人を見逃してくれたんだね」

柊が笑顔で言った。

「なんの話なんです？」

「芝居が下手だな。雑木林を出てから、覆面パトカーに気がついたんだ。堤さんとおれはアーミーナイフをちらつかせて、アリを締め上げた。点取虫の刑事なら、おれたち二人に手錠を打つだろう。見逃してくれたお返しってわけでもないが、情報を提供するよ」

「どんな情報なんです？」

「昨夜《ゆうべ》、堤さんとおれは主任の内野卓の自宅に行ったんだ。彼が何か隠してるんじゃないかと思ってね。行って正解だったよ。去年の初夏ぐらいから麻薬押収品の中身が偽の白い粉にすり替えられてたそうなんだ。内部の誰かが中身をすり替えて、純度の高い覚醒剤をこっそり外に持ち出してたと考えるべきだろうな」

「そうなんでしょう」

「あんたも知ってるだろうが、押収した麻薬は一定期間が経過すると焼却されてる」

「ええ」

「中身は焼却処分の前々日か、前日にすり替えられたにちがいない。あんまり早く偽の粉とチェンジしたら、職場の同僚たちに疑われるからな」

「でしょうね」

「押収した薬物を試薬で再チェックすることはないが、保管庫を覗いた者が薬物の色合や光沢具合に違和感を覚えたら、まずいことになる」

「ええ」

「主任の内野は、そのことを竹中課長補佐に話したらしいんだ。しかし、竹中は職員の中に押収品を横流ししてる奴なんかいるわけないとまともに話を聞いてくれなかったそうだよ」

「それで、どうしたんです？」

刈谷は矢継ぎ早に訊いた。

「内野は、仕方なく香田課長に押収した薬物の中身がすり替えられてることを教えたんだってさ。そうしたら、課長は堤さんが疑わしいと声をひそめて、そのうち結城あたりに証拠を押さえさせると言ったらしい」

「あなたと能勢さんは去年の秋、香田課長の指示で堤仁さんをマークしたんでしたよね？」

「そう。堤さんの机の最下段の引き出しの中には、純度の高い覚醒剤三キロが収まってた。しかし、堤さんが押収品をかっぱらって売り捌いてるとは思えなかったんで、能勢と相談して……」

「そのことは香田課長には、報告しなかったんでしたね？」

「そうだよ。堤さんの指掌紋の付着した三キロ袋を引き出しに入れたのは、香田課長が臭いと思ったからなんだ」

「その疑いはあると思いますが、これまでの調べでは何も尻尾《しっぽ》を出してないんですよ」

「課長は狡猾《こうかつ》な面があるからな。しかし、堤さんが意外な事実を摑んだんだ。香田は、奥さんや義弟名義で都心の一等地の複数の分譲区分《くぶん》マンションを十三室も所有し、それぞれ他人《ひと》に貸して多額の家賃収入を得てたんだよ」

「公務員がそうした高級区分マンションを購入できるとは思えないな。香田課長は結城をメッセンジャーにして郷原組とアリに内偵や手入れの情報を流し、汚れた金や薬物を得てたのかもしれないですね。さらに職場の押収品の中身をすり替えて、暴力団に売り捌いてたと疑えます」

「そうだっただろう」

「柊さん、香田課長の縁者に国会議員がいます？」

「いないはずだが、香田の背後に大物政治家がいそうなのか」

「いいえ、そうじゃないんでしょう。多分、思い違いを……」

「あんたたちは、堤さんやおれが知らないことまで調べ上げたようだね。情報を提供したんだから、それを教えろなんてケチなことは言わないよ。殺人捜査では素人《しろうと》だが、堤さんとおれは麻薬絡みの犯罪者を摘発してきたんだ。二人で協力し合って、能勢を殺《や》った犯人を突きとめてみせる。あんたたちも頑張ってくれ」

柊が階段の昇降口に向かった。

刈谷は柊たち二人にもう手を引いたほうがいいと忠告したかったが、あえて口にしなかった。忠告しても、柊と堤が従うとは思えなかったからだ。

刈谷はエレベーターで十階に上がった。秘密刑事部屋に入り、新津隊長と三人の部下に柊から聞いた情報を伝える。


「結城航を動かしてたのは、捜査一課長の香田かもしれないのか」

新津が刈谷に目を当てつつ、呻くように言った。

「香田課長が妻や義弟名義で都心の区分マンションを十三室も購入して、多くの家賃収入を得てるとしたら、充分に疑わしいですね」

「わたしは、それをすぐに調べよう。きみら四人は奈良議員、古賀公設第一秘書、麻薬取《マト》締官《リ》の香田のマークを頼む」

「わかりました」

刈谷は部下たちに目配せして、最初にアジトを出た。四人は同じエレベーターで、地下の車庫に下《くだ》った。

堀がスカイラインの助手席に奈穂を乗せて、中目黒に向かった。刈谷はそれを見届け、プリウスの助手席に坐る。律子の運転で、平河町をめざした。

奈良議員の個人事務所に着いたのは、正午過ぎだった。

事務所は、民自党本部から数百メートル離れた雑居ビルの二階にあった。律子は、雑居ビルから少し離れた路上にプリウスを駐《と》めた。

「ちょっと様子を見てきます」

刈谷はさりげなくプリウスを降り、堂々と雑居ビルに入った。階段で二階に上がり、奈良邦明事務所の出入口近くで耳をそばだてる。

複数の男女の話し声が聞こえた。公設第一秘書の古賀は電話中だった。九州の方言混じりの大声が少し耳障《みみざわ》りだ。

奈良議員は、まだ事務所には現われていないようだ。赤坂の自宅にいるのか、愛人の国《くに》枝《えだ》梨《り》乃《の》のマンションにいるのだろう。梨乃は元個人秘書で、三十四歳だ。

日垣警部が今朝のうちに、奈良と古賀第一秘書の個人情報を揃えてくれていた。メンバー全員が政治家、公設秘書、愛人の顔写真も見ている。

刈谷は一階に降り、雑居ビルと同じ通りにあるコンビニエンスストアで二人分のサンドイッチと缶コーヒーを買った。覆面パトカーの中に戻り、律子と昼食を摂《と》る。

奈良議員がタクシーで雑居ビルに乗りつけたのは午後二時過ぎだった。写真よりも幾分、若く見える。ただ、額は大きく禿《は》げ上がっていた。

日垣警部から刈谷に電話がかかってきたのは、午後三時数分前だった。

「連絡が遅くなって申し訳ない。奈良議員が経営してる観光バス会社は赤字にはなってないんだが、先物取引で五十七億円も損失を出してたよ」

「三重にある親から相続した不動産だけではなく、会社の資産も銀行や証券会社の抵当に入ってるんでしょう？」

「そうなんだ。それからね、奈良と香田には接点があったよ」

「本当ですか⁉」

「ああ。奈良の実妹の長男の瀬川僚《せがわりよう》、三十二歳が二年前に錠剤タイプの覚醒剤をネットで密売してて関東信越厚生局麻薬取締部に検挙されたんだが、証拠不十分ということで釈放されたんだよ」

「その瀬川を取り調べたのが香田なんですね？」

「その通りだよ。香田は鼻薬をきかされて、奈良議員の甥を無罪放免にしてやったんだろう」

「そうなんでしょう」

「瀬川の顧客の中には、各界の名士の子息がいたようだ。瀬川の密売仲間の証言では、毎朝日報の重役の倅も上客だったらしい」

「そうですか」

刈谷は平静に応じたが、内心、かなり驚いていた。毎朝日報の麻薬撲滅キャンペーンを妨害したのは、奈良議員と思って間違いないだろう。

「それから、首を捻《ひね》りたくなるような事実もわかったよ。公設第一秘書の古賀は月に二度も郷里の福岡に帰省《きせい》してるんだ。帰省といっても、実家に立ち寄ることはなく、必ずホテルに泊まってる。奈良議員の選挙区でもないのに、おかしいことをすると思わないか？」

「日垣さん、古賀秘書の旧友が九州の暴力団と関わってませんでした？」

「岩佐《いわさ》という中学時代の同級生が九仁《きゆうじん》会の大幹部になってるね。それが何か？」

「古賀は、国会議員の指示で覚醒剤など麻薬を九仁会に買い取ってもらってるんだと思います」

「なんだって⁉　奈良邦明は麻薬の密売で負債を返す気なんだろうか。薬物《クスリ》はどうやって入手したのかな」

「麻薬取締部捜査一課の香田課長が共犯者なんでしょうね」

「いったいどうなってるんだ⁉」

日垣警部が声を裏返らせた。刈谷は自分の推測を喋った。

「そうだったら、郷原組の倉庫から麻薬をごっそり盗ませ、関東共和会の企業舎弟のプール金を強奪させたのは……」

「奈良邦明と香田和隆でしょうね。捜査本部事件の被害者はもちろん、結城と能勢を誰かに始末させたのは香田なんだと思います。悪徳政治家たちはまず自分の手は汚そうとしませんから、香田にやらせたんでしょう」

「そうなんだろうな」

「日垣さん、ありがとうございました」

刈谷は律子に通話内容を教えると、香田と奈良を追い込む方法を考えはじめた。


国会議員の愛人が震えはじめた。

警察手帳を呈示したとたんだった。刈谷は、ほくそ笑《え》んだ。国枝梨乃の自宅マンションの玄関先である『赤坂グレースレジデンス』の五〇五号室だ。

あと数分で、午後四時になる。刈谷は香田と奈良を誘《おび》き出すには何か切り札が必要と考え、梨乃に鎌をかけてみることにしたのだ。

「わたし、何も後ろめたいことなんかしてませんよ」

「国枝さん、体も声も震えてますね。もう楽になったほうがいいんじゃないのかな」

「それ、どういう意味なんです？」

梨乃が小首を傾《かし》げた。

「まだ粘る気か」

「そう言われても、本当に思い当たることがないんですよ」

「あなたはパトロンの奈良邦明に頼まれて、銀行口座を貸してますね？」

刈谷はコートのポケットに忍ばせたＩＣレコーダーの録音スイッチを入れてから、際《きわ》どい賭けに出た。

と、梨乃の整った顔が引き攣《つ》った。伏し目になったまま、顔を上げようとしない。図星だったのだろう。

「あなた名義の口座には、福岡の九仁会の息のかかった会社から麻薬の代金が振り込まれてるはずだ」

「麻薬の代金ですって⁉」

「白々しいな。奈良は麻薬取締官の香田和隆と共謀して、暴力団やイラン人グループから入手した純度の高い覚醒剤を九仁会に売ってる。古賀秘書がちょくちょく福岡に帰省してるが、そのときに薬物を九仁会に届けてるにちがいない。また、香田は職場の押収した麻薬の中身をすり替え、それを暴力団関係者に売ってるね。その大半は九仁会にも渡ってるはずだ」

「先生は、奈良先生は国会議員なんですよ。そんなことをやってるわけないでしょ！　第一に、麻薬取締官に知り合いはいないはずだわ」

「奈良の妹の息子の瀬川僚がネットで麻薬の密売をしてて、関東信越厚生局麻薬取締部に検挙されたことがある。だが、証拠不十分ということで釈放された。そのとき、奈良議員の甥を取り調べたのが捜査一課長の香田ということはわかってるんだ」

「えっ」

「もう観念したほうがいいんじゃない？」

西浦律子が梨乃に声をかけた。

「そう言われても、わたしには思い当たることがないんで……」

「あんた、もっと自分を大事にしなよ。悪徳政治家にたっぷりお手当をもらってるんだろうけど、パトロンを庇《かば》いつづけてると、あんたの罪も大きくなる。そのぐらいのことはわかるでしょ？　場合によっては、実刑判決が下《くだ》るわね」

「となったら、わたしは前科者になっちゃうのか？」

「そうよ。でも、捜査に全面的に協力してくれるんだったら、書類送検で済むんじゃないかな」

「わたし、刑務所になんか入りたくありません」

「だったら、知ってることを正直に話すのね」

「わかりました。奈良先生に頼まれて、口座を貸しました。九仁会の企業舎弟《フロント》の『福岡物産』という会社から総額で約八億円の入金がありました。わたしは入金数日後に現金を引き出して……」

「奈良に渡したのね？」

「はい。先生は先物取引で五十七億円も損失を出して、経営してる観光バス会社を人手に渡さなければならなくなると焦《あせ》ってたんです。それで、甥の件で世話になった香田さんを唆《そそのか》して、只《ただ》で手に入れた薬物を九仁会をはじめ西日本の暴力団に売るようになったの。香田さんは仕事に意欲を失ってたんで、先生の誘いに乗ったみたいね」

「二人の分け前は半々なのかな？」

「六四で、香田さんのほうが多く取ってるみたいよ。香田さんは結城という部下を抱き込んで、郷原組とイラン人麻薬密売グループから情報提供料のほかに純度の高い覚醒剤《シャブ》を吐き出させてたわけだから、分け前を先生よりも多く取ったんでしょうね」

梨乃が答えて、長く息を吐いた。刈谷は律子を手で制し、先に口を開いた。

「郷原組の倉庫から麻薬をごっそりかっぱらわせ、関東共和会の企業舎弟《フロント》から多額のやくざマネーを強奪させたのも奈良と香田なんだな？　実行犯は、日本人の流れ者なのか？」

「実行犯の二人は外国人みたいです。ひとりはタネート・ソンティというタイ人で、もう片方はハサン・ザリニというイラン人だったと思います」

梨乃が明かした。結城の実家の近くにいた不審な外国人がハサン・ザリニだと思われる。

「去年の十一月に麻薬取締官の能勢昇太が二人組の日本人の男に拉致されたんだが、犯人はどこの誰なんだ？」

「先生の秘書の古賀さんがネットの裏サイトで見つけた前科者みたいよ。名前までは知らないけど、その二人はもう沖縄に逃げたという話だったわ」

「そうか。能勢の行方を追ってた元ショーダンサーの池内美由紀を扼殺したのはソンティか、ザリニなんだな？」

「その彼女を殺したのは、イラン人のザリニよ。ソンティはゴーラムホセイン・アリから買ったイラン製の拳銃で能勢という麻薬取締官を撃ち殺したんだと聞いてるわ。ソンティとザリニを雇ったのは香田さんよ」

「結城を自殺に見せかけて廃屋の梁から吊るしたのは、ソンティとザリニの二人なんだろうな？」

「ええ、奈良先生はそう言ってたわ」

「能勢は殺されるまで、どこに監禁されてたんだ？」

「長野の白樺湖《しらかばこ》の近くにある奈良先生の別荘よ。先生と香田さんは能勢という麻薬取締官を仲間に抱き込もうと一日に数枚のクラッカーと水しか与えないで説得しつづけたらしいけど、拒まれつづけたようね。能勢昇太は衰弱して起き上がれなくなると、先生たち二人を罵倒して顔面に唾《つば》を飛ばしたんだって。それで、奈良先生は能勢を始末しろと香田さんに言ったみたいね。香田さんは最初は優秀な部下を死なせたくなかったようだけど、押し切られて……」

「タイ人のソンティに能勢を射殺させたわけか」

刈谷は言葉を切った。梨乃がへなへなと玄関マットの上に坐り込んだ。蒼《あお》ざめたままだった。

「奈良の別荘の住所を聞き出してくれますか。おれは、隊長に事件が落着したことを報告します」

刈谷は律子に言って、部屋の外に出た。真相に迫れたわけだが、なぜだか心は晴れなかった。死者が多かったせいだろう。

刈谷は懐から刑事用携帯電話《ポリスモード》を取り出した。

著者注・この作品はフィクションであり、登場する人物および団体名は、実在するものといっさい関係ありません。

注・本作品は、平成二十六年一月、徳間書店より刊行された『新宿署密命捜査班　邪悪領域』を、著者が大幅に加筆・修正し、改題したものです。

一〇〇字書評

切り取り線

購買動機（新聞、雑誌名を記入するか、あるいは○をつけてください）

- □（　　　　　　　　　　　　　）の広告を見て
- □（　　　　　　　　　　　　　）の書評を見て
- □ 知人のすすめで
- □ タイトルに惹かれて
- □ カバーが良かったから
- □ 内容が面白そうだから
- □ 好きな作家だから
- □ 好きな分野の本だから

・最近、最も感銘を受けた作品名をお書き下さい

・あなたのお好きな作家名をお書き下さい

・その他、ご要望がありましたらお書き下さい

住所	〒				
氏名		職業		年齢	
Eメール	※携帯には配信できません		新刊情報等のメール配信を 希望する・しない		

この本の感想を、編集部までお寄せいただけたらありがたく存じます。今後の企画の参考にさせていただきます。Eメールでも結構です。

いただいた「一〇〇字書評」は、新聞・雑誌等に紹介させていただくことがあります。その場合はお礼として特製図書カードを差し上げます。

前ページの原稿用紙に書評をお書きの上、切り取り、左記までお送り下さい。宛先の住所は不要です。

なお、ご記入いただいたお名前、ご住所等は、書評紹介の事前了解、謝礼のお届けのためだけに利用し、そのほかの目的のために利用することはありません。

〒一〇一－八七〇一
祥伝社文庫編集長　坂口芳和
電話　〇三（三二六五）二〇八〇

祥伝社ホームページの「ブックレビュー」からも、書き込めます。
http://www.shodensha.co.jp/bookreview/

祥伝社文庫

邪悪領域《じやあくりよういき》　新宿署特別強行犯係《しんじゆくしよとくべつきようこうはんがかり》

平成30年 8 月20日　初版第 1 刷発行

著　者　南《みなみ》　英男《ひでお》
発行者　辻　浩明
発行所　祥伝社《しようでんしや》
東京都千代田区神田神保町 3-3
〒101-8701
電話　03（3265）2081（販売部）
電話　03（3265）2080（編集部）
電話　03（3265）3622（業務部）
http://www.shodensha.co.jp/

印刷所　堀内印刷
製本所　ナショナル製本
カバーフォーマットデザイン　芥 陽子

Printed in Japan ©2018, Hideo Minami　ISBN978-4-396-34445-0 C0193

祥伝社文庫の好評既刊

南 英男
内偵
警視庁迷宮捜査班

美人検事殺人事件の真相を追う尾津&白戸。検事が探っていた〝現代の裏ビジネス〟とは？ 禍々《まがまが》しき影が迫る！

南 英男
毒殺
警視庁迷宮捜査班

強引な捜査と逮捕のせいで、新たな殺しに？ 猛毒で殺された男の背後に、怪しい警察関係者の影が……。

南 英男
特捜指令

警務局局長が殺された。摘発されたことへの復讐か？ 暴走する巨悪に、腐れ縁のキャリアコンビが立ち向かう！

南 英男
特捜指令
動機不明

悪人に容赦は無用。荒巻《あらまき》と鷲津《わしづ》、キャリア刑事のコンビが、未解決の有名人一家殺人事件の真相に迫る！

南 英男
特捜指令
射殺回路

対照的な二人のキャリア刑事が受けた特命、人権派弁護士射殺事件の背後には……。超法規捜査、始動！

南 英男
手錠

弟をやくざに殺された須賀《すが》警部は、志願して(暴)《マルボウ》へ。鮮やかな手口、容赦なき口封じ。恐るべき犯行に挑む！

祥伝社文庫の好評既刊

南 英男
怨恨
遊軍刑事《デカ》・三上謙《みかみけん》

渋谷署生活安全課の三上謙は、署長の神谷《かみや》からの特命捜査を密かに行なう、タフな隠れ遊軍刑事だった——。

南 英男
死角捜査
遊軍刑事・三上謙

狙われた公安調査庁。調査官の撲殺事件の背後には、邪悪教団の利権に蠢く者が⁉ 単独で挑む三上の運命は⁉

南 英男
癒着《ゆちゃく》
遊軍刑事・三上謙

ジャーナリストが刺殺された。特命を受けた三上は、おぞましき癒着《ゆちゃく》の構造に行き着くが……。

南 英男
捜査圏外
警視正《けいしせい》・野上勉《のがみつとむ》

刑事のイロハを教えてくれた先輩が死んだ。その無念を晴らすため、野上は彼が追っていた事件を洗い直す。

南 英男
警視庁潜行捜査班
シャドー

「監察官殺し」の捜査は迷宮入りの様相……。捜査一課特命捜査対策室の秘密別働隊〝シャドー〟が投入された！

南 英男
警視庁潜行捜査班シャドー
抹殺《まっさつ》者

美人検事殺しを告白し、新たな殺しを宣言した〝抹殺屋〟。その狙いと検事殺しの真相は？ 〝シャドー〟が追う！

祥伝社文庫の好評既刊

南 英男
刑事稼業 包囲網

捜査一課、生活安全課……警視庁の各課の刑事たちが、靴底をすり減らしながら、とことん犯人を追う！

南 英男
刑事稼業 強行逮捕

捜査一課、組対第二課――刑事たちが足を棒にする捜査の先に辿りつく真実とは！ 熱血の警察小説集。

南 英男
刑事稼業 弔《とむら》い捜査

組対の矢吹が、捜査一課の加門の目の前で射殺された。加門は事件の真相究明のため、更なる捜査に突き進む。

南 英男
殺し屋刑事《デカ》

悪徳刑事・百面鬼《どうめき》竜一《りゅういち》の〝一夜の天使〟が拉致された！ 非道な暗殺指令を出す、憎き黒幕の正体とは？

南 英男
殺し屋刑事 女刺客

歌舞伎町のヤミ銭を掠《かす》める小悪党を追う百面鬼の前に……。悪《ワル》が悪を喰らいつくす、圧巻の警察アウトロー小説。

南 英男
殺し屋刑事 殺戮《さつりく》者

超巨額の身代金を掠め取れ！ メガバンクを狙った連続誘拐殺人犯に、強請《ゆすり》屋と百面鬼が戦いを挑んだ！

祥伝社文庫の好評既刊

南　英男

悪党《アウトロー》　警視庁組対部分室

暴《マルボウ》内に秘密裏に作られた、殺しの捜査のスペシャル相棒チーム登場！　力《りき》丸《まる》と尾崎《おざき》に、極秘指令が下される。

南　英男

シャッフル

カレー屋店主、ＯＬ、元刑事、企業舎弟《フロント》社員が大金を巡る運命の選択を迫られた！　緊迫のクライム・ノベル。

南　英男

闇処刑　警視庁組対部分室

腐敗した政治家や官僚の爆殺が続く。そんななか、捜査一課を出し抜く、無法刑事コンビが摑んだ驚きの真実！

南　英男

疑惑接点

フリージャーナリストの死体が見つかった。事件記者の彼が追っていた幾つもの凶悪事件を繋ぐ奇妙な接点とは？

南　英男

特務捜査

男気溢れる〝一匹狼〟の刑事が迷宮入り直前の凶悪事件に挑む。目撃者のない、テレビ局記者殺しの真相は？

南　英男

新宿署特別強行犯係

警視庁と四谷署の刑事が次々と殺害された。新宿署に秘密裏に設置された強行犯係『潜行捜査隊』に出動指令が！

〈祥伝社文庫　今月の新刊〉

大崎善生
ロストデイズ
恋愛、結婚、出産――夫と妻にとって幸せの頂とは？　見失った絆を探す至高の恋愛小説。

数多久遠
深淵の覇者　新鋭潜水艦こくりゅう「尖閣《せんかく》」出撃
最先端技術と知謀を駆使した沈黙の戦い――史上最速の潜水艦vs.姿を消す新鋭潜水艦！

南　英男
邪悪領域　新宿署特別強行犯係
死体に秘められた麻薬の闇。猟奇殺人の悪意と狂気に、はみだし刑事たちが立ち向かう！

滝田務雄
捕獲屋カメレオンの事件簿
元刑事と若き女社長。凸凹コンビが人間の心の奥底に光を当てるヒューマン・ミステリー。

芝村涼也
穢王《えおう》　討魔戦記
魔を統べる〝王〟が目醒める！　江戸にはびこる怪異との激闘はいよいよ終局へ――

今村翔吾
夢《ゆめ》胡蝶《こちょう》　羽州ぼろ鳶《とび》組
業火の中で花魁と交わした約束――。吉原で頻発する火付けに、ぼろ鳶組が挑む！

風野真知雄
密室　本能寺の変
本能寺を包囲するも、すでに信長は殺されていた――光秀による犯人捜しが始まった！

辻堂　魁
銀花《ぎんか》　風の市兵衛　弐
政争に巻き込まれた市兵衛、北へ――。待ち構えていた暗殺集団が市兵衛に襲いかかる！

吉田雄亮
未練辻　新・深川鞘番所
どうしても助けたい人がいる――血も涙もない悪行に深川鞘番所の面々が立ちはだかる！